天よりパンが降ってきた。
ある者はなぜ肉でないかと大いに嘆いた。
天より肉が降ってきた。
ある者はパンが良かったと大いに嘆いた。
天より神様が降りてきた。
全員が喜ぶ物がわかるまで、当分は水を降らせます。

Frederica Bernkastel

星海社文庫

ひぐらしのなく頃に礼

賽殺し編

竜騎士07

Illustration/ともひ

昭和五十八年盛夏

セミたちの合唱は、ますますにぎやかになっていく。

あの永遠の六月は異常気象とかで、六月にもかかわらず夏の到来《とうらい》を思わせる暑さだった。

だが、それでも所詮《しょせん》は六月。

そこからさらに夏に近づく七月となれば、もっともっと夏らしい日々を私たちに感じさせてくれるのだった。


今日は、私の夢だったプール遊びにみんなで行った。

一見、ささやかな夢に思えるが、それを得るための旅が百年にも及《およ》んだことを、ここでもう一度振り返る必要はない。

でも、忘れてはならないと思う。

多くの人々にとって何気ない一日であっても、その一日を得るために放浪《ほうろう》した気の遠くなるような日々。

それを覚えているからこそ、私はこの一見、平凡《へいぼん》に思える何気ない日々に深い幸せを覚えることができるのだから。

「いやーっはっはっは！　カメラを持ってこなかったのは、この園崎魅音《そのざきみおん》、一生の不覚《ふかく》だねぇ。」

「はぅ、レナにカメラはいらないよ～ぅ。しっかりこの目に焼き付けちゃったもん。目蓋《まぶた》を閉じると、圭一《けいいち》くんのかぁいい姿が浮かんでくるよ～、はぅ～☆」

「だー!!　浮かばんでいい浮かばんでいい！　その目蓋、ヤスリで削《けず》り取ってくれるわー!!」

「プールに行くのに水着を忘れるなんて、自業自得《じごうじとく》じゃありませんの。そして、胡散臭《うさんくさ》い海パンを穿《は》いて大騒《おおさわ》ぎなんて、始めから終わりまで全部、自業自得でございましてよ！」

「……圭一は、魅《み》ぃに感謝した方がいいのですよ。もし魅ぃが白鳥《はくちょう》さんのパンツを持ってきてなかったら、きっとオットセイさんがゆらゆらで大変なことになっていたのですよ。にぱ～☆」

「くっくっくっく！　いやいや、実に愉快《ゆかい》だったよ。今日のプールは、特に何も予定してなかったんで、たまには静かにお水遊びができるかな～なんて思ってたら、くっくっく！　やっぱりこのメンバーじゃ、何も起こらないって方が不思議だもんねぇ！」

「いーや、それだけは断じてありえねぇ！　何も予定してなかったら、あんな恥ずかしい白鳥のパンツをわざわざ持ってくるわけねーだろ!!　何か口実《こうじつ》をつけて俺に穿かせようと企《たくら》んでいたに違いねぇ!!」

「あはははは、でもとっても楽しい一日だったから、レナは大満足だったかな、かな！」

「そうですわね！　その点につきましては同感でございましてよ！」

沙都子《さとこ》が同意を求める笑顔を私に向ける。

だから私も負けないくらいの笑顔を返し、今日一日のどたばたがいかに楽しかったかを示すのだった。

みんなで、今日のプール遊びのどたばたを振り返りながら自転車で帰路につく。

雛見沢《ひなみざわ》にはプールがないので、市民プールのある興宮《おきのみや》まで来ていたのだ。

雛見沢と興宮の間には標高差《ひょうこうさ》があるため、興宮へ行くときは下りでとても快適だが、帰りは長い上りになる。

元気盛《ざか》りの雛見沢っ子にとってそれは大した苦にはならないが、それでも長い上り坂では、自然と無口になり、黙々《もくもく》とペダルを漕《こ》ぐのだった。

こうしてみんなが無口になってるのを見ると、何かちょっかいを出してやりたいと思ってしまう。

こんな時に沙都子にちょっかいを出すのは、私にとってはライフワークと言ってもいいくらいに楽しいこと。

私はペダルを強く漕いで、沙都子の自転車に追いつくと、黙々とペダルを漕ぐ沙都子の肩を小突《こづ》いてやった。

「うわったった！　り、梨《り》ぃ花《か》ぁぁ!!」

「みー！」

沙都子を小馬鹿にするような仕草《しぐさ》をしてから、速度を上げる。

当然、沙都子も速度を上げて私を追い掛けてきてくれた。

沙都子は何とか私を小突き返してやろうと奮闘《ふんとう》するが、私だってそうトロくはない。

私たちの速度は自然に上がり、他のメンバーたちをぐんぐん追い抜いていった。

「何々、競争～!?　おじさんも負けないよー！」

「道路でふざけちゃ駄目《だめ》！　梨花ちゃん沙都子ちゃん、危ないよー！」

ここは公道だから、時には車の往来《おうらい》もある。

でも、地元に長く暮らす人間だから、この時間にはほとんど車が来ないのを知っていた。

「梨花ぁ！　車が来ましてよー!!」

「……み～！　その手には引っ掛からないのです！」

だから沙都子がそう言った時、それは私の注意を逸《そ》らそうという罠《わな》だと思った。

クラクション。

それを聞いて、私は沙都子の警告《けいこく》が冗談《じょうだん》でないことを知る。…でも、あまりに唐突《とうとつ》なことだったので驚き混乱した。

正面を見れば、車はすぐそこだった。

私は慌《あわ》てて乱暴にハンドルを切る。それはとても乱暴で急で、私の姿勢《しせい》を崩《くず》すのに十分だった。

体が前のめりになりながら、宙に浮くのがわかる。…怪我《けが》をする直前を察知《さっち》させる火薬の臭いが鼻を突いた。


「梨ぃ花ぁあぁあぁあぁッ!!!」


沙都子の悲鳴が聞こえる。

…いや、聞こえたような気がしたと形容《けいよう》できるような非現実感。

宙に投げ出される自分に向かって、車が迫ってくる光景すら、それが自分に突きつけられている現実なのか理解できない。

でも、その現実感のなさは、多分ほんの一秒程度。

私には、あ、と口にする時間さえ与えられなかった。

奇妙な世界

………遠くでひぐらしの声が聞こえる。
それにはいつまでも聞いていたくなる慈《いつく》しみと涼しさが宿っていた。

やがてその静寂《せいじゃく》は破られる。
どやどやと足音が近付いて来て、その騒がしさが私の意識を現実に引き戻させた。
気付けば、ひぐらしの声はない。…部屋を満たしているのはセミの声。
…ずっとひぐらしの声を聞いていると思っていたのは、…私の夢だったのだろうか…？
私はベッドの中にいた。……見慣れない天井《てんじょう》。
ここは…。
狭い室内に事務机《じむづくえ》と薬品棚《やくひんだな》。
…覚えのある薬品臭。
そして、セミの声に混じる子供たちのはしゃぐ声。
すぐに理解した。…ここは学校だ。学校の保健室のベッドの中なのだ。
扉が開き、知恵《ちえ》が姿を現した。

その後ろには沙都子と、……え？

私の頭が真っ白になる。…それは、いるはずのない顔だったから。

「大丈夫ですか、古手《ふるで》さん。あぁ、よかった！　本当に心配しましたよ。もうすぐ診療所《しんりょうじょ》の先生が来てくれますからね。まだ横になっていてください。」

「よかった。本当に心配したよ。」

真っ白になったままの頭。……私は呆然《ぼうぜん》としながら、気遣《きづか》う言葉をかける彼の表情を見続けていた。

…それは、昭和五十八年にいるはずのない人間。

「………………さ、……悟史《さとし》……。」

「…大丈夫…？　まだ調子、よくないみたいだね。」

「先生が来てくれるまで横になっていなさい。…それより、北条《ほうじょう》沙都子さん！　どこに隠れました!?」

知恵が廊下《ろうか》に振り返りながら大声を上げると、不貞腐《ふてくさ》れた雰囲気《ふんいき》の沙都子がひょっこり顔を出す。

「……私、そんなに強く投げてないもん。古手さんが大袈裟《おおげさ》なだけだもん…。」

「そんな謝り方はありません！　ちゃんと古手さんに謝りなさい！」

沙都子の口調と雰囲気に、小さな違和感《いわかん》を感じた。

…取《あ》り敢えず状況だけを見れば、沙都子が私に対して何かをして、その結果、保健室へ運び込まれることになった…。そういう風に見えた。

でも、…私はみんなと興宮からの帰りに自転車から転げ落ちて気を失ったんじゃなかったっけ……？

「ほら、沙都子さん！」

知恵が、沙都子を強い口調で呼ぶ。

……知恵が沙都子のことを、沙都子さんと呼ぶのは、悟史が失踪する前。北条の名を持つ二人、沙都子と悟史が一緒に存在した時代だけだ。つまり、昭和五十七年六月以前。

じゃあ……ここは、………過去の世界？

私は、再び世界を繰り返している…？

…ぞっとした感情が込み上げて来る。

私は、あれだけの苦難を経《へ》て乗り越えた昭和五十八年六月を飛び越して、さらに過去の世界へ巻き戻ってしまっているのだ…。

百年以上をかけて挑《いど》み、そしてようやく打ち破った昭和五十八年六月の袋小路《ふくろこうじ》を、……私は再び打ち破らなければならないのか。

確かに、私は多くのことを学び、力によって運命を打ち破ったわけだけれど、…たくさんの運にも助けられている。

もう一度、昭和五十八年六月に挑み、また同じように打ち破れる保証なんてまったくないのだ。

…………つまり、……私は、…多分、あの自転車の事故で車に撥《は》ねられて…死んでしまったのだ。

…そして、………死の直前に、死を拒否して世界を巻き戻したのだろう。

この、現実感のない記憶の途切れ方は、世界を巻き戻した時のものに確かに似ていた。

では、………私はまた、……長い長い時間の旅路に戻らなければならないのか。

……………………そんな、……ことって…。

その想像が、どれだけ恐ろしいものか。…徐々《じょじょ》に理解するにつれ、視界が遠のくような錯覚《さっかく》を感じ出す。

…まだ私は、…今起こっている事実がどれだけ恐ろしいことか、全てを理解できずにいた……。

「ほら、沙都子。謝らないと駄目だよ。」

「……古手さん、後ろからボールをぶつけてごめんなさいでした！　だって、ぼんやり突っ立ってて邪魔《じゃま》だったんだもん！」

沙都子が変な口調で謝る。…いや、謝罪の言葉には程遠いし、文字通り言い訳に聞こえた。

これで謝罪は十分かと、知恵と悟史の顔を見ている。

どうも、沙都子には私にボールをぶつけたことに対し謝罪したいという気持ちはないようだった。

…なぜなら、沙都子の瞳の中に私の姿はなかったから。

沙都子の中には、私という存在が、…いない。

……こんなに冷たく私に接することなんかなかった。

いや、…そもそも沙都子の口調が変だ。

どうも、私の身に訪《おとず》れている事態《じたい》は、悟史がいるほどの過去に巻き戻ってしまったというだけではなさそうだった…。

まだ、他にも何か、理解できない奇妙《きみょう》な事態が起こっている…。

その違和感を、私は沙都子のおかしな言葉遣いを聞きながら感じていた。…私のよく知る沙都子より、ずっとまともな日本語を聞きながら。

沙都子は、謝罪の定型文《ていけいぶん》を読み上げたのだからこれで十分だろうとでも言うような表情を浮かべると、そのまま廊下に駆《か》け出していってしまった。

時計を見ればお昼休みの真っ只中だ。

…遊ぶ時間が惜《お》しくて、一刻《いっこく》も早く校庭に戻りたいというところなのだろう。

……そんな雰囲気で、私に背中を向けて駆けていってしまう沙都子の背中がとても冷たくて、悲しい。

私のよく知る沙都子は、私が保健室に担《かつ》ぎこまれるような怪我をしたなら、ずっと付《つ》き添《そ》っていてくれるだろうに……。

その足音が消えるまで、沙都子はついに私に対して、一度たりとも目を合わせてはくれなかった。

嫌われているという風ではない。……関心がない、という感じだった。

……何が、起こっているのか。

そもそも、今は何年何月なんだろう。……羽入《はにゅう》の姿はない。

知ろうにも、カレンダーのようなものもなく、今は知ることができそうになかった。

今日は何年何月かなんて、普通の人に聞くと大抵《たいてい》は妙《みょう》な顔をされるので、迂闊《うかつ》に聞かない方がいいというのが、長い旅で悟ったことのひとつだ。

…だから私は、その疑問をこの場では抑えることにする。

「ごめんね、梨花ちゃん。沙都子には後でよく言っておくよ。きっと、梨花ちゃんが寂《さび》しそうにしてたんで、遊びに誘ってあげたかったんだよ。」

「……みー。ありがとうなのです。もう気にしてませんのでいいのですよ。」

悟史は、沙都子の兄として代わりに謝罪する。……その雰囲気は、私がよく知る悟史の印象と変わらない。

「そう。……じゃあ、僕はもう行くから。」

「……ありがとうなのですよ、悟史。」

「うん。」

悟史は軽く手を振るような仕草をしながら、踵《きびす》を返すと保健室を出て行くのだった。

それと入れ替わりで、別の足音が近付いてくるのが聞こえた。

歩幅《ほはば》や音の感じが子供のそれでない。…多分、知恵が呼んだ監督《かんとく》だろう。

「あぁ、先生。急にお呼びしてしまってすみません。さっき意識が戻ったところなんです。」

「そうですかね、それはよかったよかった！」

野太い声。…入江《いりえ》ではない…？

ぬっと現れた男は、診療所で、いや、入江機関《きかん》で一度も見たことがない男だった。

入江とは正反対の、線の太い大柄《おおがら》な男だった。

無精《ぶしょう》ヒゲを生やした野性味あるその印象的な顔つきは、一度でも会ったなら忘れられないくらいのものだった。…にもかかわらず、私はその顔に覚えがない。

でも、白衣《はくい》を着ている。

そして知恵は診療所の先生と呼んでいる。

…なら、入江診療所の医師なのだろう。……だが、こんな男は会ったことがなかった。

「やぁ、梨花ちゃん！　災難《さいなん》だったなぁ！　ボールがぶつかったのは後頭部《こうとうぶ》？　ちょっと見せてもらっていいかい？」

「……み、……みぃ…。」

私の返事など待たず、山男のような医師は私の後頭部をまさぐる。

……入江の華奢《きゃしゃ》な指とはまったく異なる、武骨《ぶこつ》な指だった。

「今度は目を見せてくれるかい？　………うん、大丈夫みたいだな。何か頭痛《ずつう》とかはするかい？　酔《よ》うとか、平衡《へいこう》感覚がおかしいとかあるかな？」

「……ないのです。」

「ふーむ！　多分、大丈夫とは思いますけどね。念のため、診療所に連れて行って脳波《のうは》を見ましょう。まぁ、ワシの見たところ、問題なしですな！」

がっはっはっは！　と唾《つば》を撒《ま》き散《ち》らしながら医師は豪快《ごうかい》に笑った。

それを問題無しのサインと受け取ったのか、知恵も安堵《あんど》の表情を浮かべる。

「そうですか。では念には念をということで、よろしくお願いいたします。古手さん、先生と一緒に診療所に行って来てください。」

「うむ！　午後の診療が始まる前に済ませてしまおう！　さ、行こう！」

嫌に馴《な》れ馴れしい大男の医師に背中を押され、私は違和感を拭《ぬぐ》えないまま、保健室から連れ出される。

……何だろう、この世界は。

時にサイコロの目が狂い、小さな変化があることはたまにあった。

でも、…こんなにも強い違和感を感じさせる世界は初めてだ。

何か珍しい目でも出てしまっているのだろうか。

百年以上この世界を繰り返し、ほとんどの事象《じしょう》を知り尽《つ》くしたと思っていた私に、ここまで強い違和感を感じさせるなんて。

…………私は、その異常さに何か計り知れないものを感じ、強い不安を抱かずにはいられなかった…。

昇降口《しょうこうぐち》で靴を履き、校門の前に止められている車へ連れて行かれる。

その間、私の前を歩く大男の背中をじっと見て、この男の記憶を必死に探ったが、どうしても見つからなかった。

…何度記憶を探ろうとも、こんな男が、入江機関は疎《おろ》か山狗《やまいぬ》にだっていた記憶がない。

…悟史がいる以上、昭和五十七年六月以前なのは間違いないのだ。

いつもなら、目覚めてすぐに羽入がいてくれる。

そしてその世界がどうなっているのかを教えてくれる。…でも、この世界ではまだ羽入の姿がない。

照りつける太陽も、やかましいセミの声もにぎやかなクラスメートたちの騒ぎ声も、全て私がよく知っているものなのに、………何かが違う。気持ち悪いくらいに。

…羽入、どこなの…？

ここは一体、いつのどんな世界なの…？

………………。

羽入からの返事はない。

……ならいいさ。

帰って、ワインの栓《せん》でも開ければすっ飛んでくるに違いない。

私の優雅《ゆうが》なひと時を邪魔しなかったためしは一度もないのだから。

「魅ぃちゃん、魅ぃちゃん、え——いッ!!」

「は！　甘いねぇ！　ドッジボールの鉄則《てっそく》は弱いヤツ狙い！　私を狙うのは戦略ミスだよ！

そぉれ次にトロいヤツはお前さ!!」

「ふぎゃッ!!　いてててて…。」

クラスメートの何人かがドッジボールで遊んでいるのが見えた。

それに混じって遊ぶ、魅音とレナの姿。

……レナ？

レナがいる世界は昭和五十七年四月以降だ。

そして、悟史は昭和五十七年六月を境に村から姿を消す。

つまり、レナと悟史が同時に存在できるのは、昭和五十七年四月から六月までの短い期間だけ。

……私が危惧《きぐ》したほど大昔に巻き戻ったわけではないらしい。

だが、昭和五十八年六月を再び繰り返さなければならないことに何の変わりもない。

あの、長く辛《つら》い戦いの日々をもう一度こなさなければならないのか…。

仲間と結束《けっそく》し、信じ合い、互《たが》いの疑いの芽を摘《つ》み合い、奇跡を信じ、…全員で戦う。いくつもの偶然《ぐうぜん》に助けられながら。

その過程《かてい》で、ひとつでも踏み外せば世界は惨劇《さんげき》で閉じられる。

……一度は抜けた袋小路だ。

今度は二度目だから、鷹野《たかの》たちとの戦い方も多少は要領《ようりょう》を得ている。

…だから再び百年という途方もない時間を掛けるということはないだろう。

だがそれでも、きっと何年、何十年もの長い時間を掛けるに違いない。

……もう私は、昭和五十八年六月をただの一日も過ごしたくはないというのに……。

一度はゴールに辿《たど》り着いておきながら、再び振り出しに戻されたような絶望感…。

…………はぁ。

私は大男の車に乗ると、悪路《あくろ》に揺られながら、自分の置かれている状況を整理した。

私は、昭和五十八年七月のあの日。

みんなで楽しくプールで遊び、その帰り道で事故に遭《あ》って、…死んだ。

そして死の直前、二度と使うことはないだろうと思っていた力で、再び時間を遡《さかのぼ》らせたのだ。

そして多分、この世界は昭和五十七年六月。

だいぶ暑いので、綿流《わたなが》しまで間がないに違いない。

ということは、悟史が姿を消す秒読みはもう始まっているということなのだろう。

さっき保健室で気遣う言葉をかけてくれたが、心の奥は拭えない闇《やみ》に支配され始めていて、逃れられぬ末期発症の足音に怯《おび》えている…。

…………さっき保健室で見た、北条兄妹の姿を思い出す。

沙都子と悟史の、兄妹として当然の関係。…それが、多分あと数日か数週間で当然ではなくなる。

さっき、沙都子のちょっと冷たい仕草に傷ついたが、それを思い出した時、彼女のことを不憫《ふびん》に思わずにはいられなかった。

……沙都子。せめて今の時間を大切に。

あなたと悟史の関係は、…有限。

その残酷《ざんこく》な現実は、百年以上の世界で一度も覆《くつがえ》らなかった。

つまり、………必然。

沙都子をこれから待ち受ける運命に、私は同情するしかなかった…。

やがて入江診療所の建物が見えてくる。

いつ見ても、雛見沢には勿体無《もったいな》いくらいの立派な診療所だ。

だが、私の心が悲しみに彩《いろど》られているせいか、診療所の建物は少しくすんでいるように感じるのだった。

車は裏口前の職員用駐車場に停まる。

「歩けるかい？　具合は大丈夫かな？」

「……みー。全然平気なのです。検査なんて大袈裟なのですよ。」

「頭は、その場では何もなくても、後から突然来ることもあるから怖いんだ。きっちり検査しような。何事もなければ、午後の授業には戻れるよ！」

……初対面で素性《すじょう》の知れない男だったが、頼りない医師ではないらしい。

私の表情の曇《くも》りが、ひょっとすると重傷かもしれないと悲観《ひかん》しているように見えて励《はげ》ましたらしい。

…それは的外れな励ましなのだが、取り敢えず悪い男ではないことがわかっただけマシとしよう。

診療所の中の空気は、……私の知らない臭いがした。

私の知っている診療所と間取りは確かに同じだったが、……どこか雰囲気が違うのだ。

全体的に古臭く、…何と言うか煤《すす》けている。

そしてすれ違う看護婦《かんごふ》の顔はいずれも知らないもの。

……知っている顔は、待合室でテレビを見ながら歓談《かんだん》する村の老人たちだけだった。

「…あんれ、梨花ちゃんじゃねぇの！　どうしちゃったの。風邪《かぜ》？」

「校庭で、飛んできたボールが後頭部に当たったんですよ。一応、脳波を見ておこうと思いましてね！」

「うーん、頭は怖いからねぇ！　でも若いんだからボールのひとつやふたつ、平気平気！」

老人たちは、タンコブなんか唾つけておけば治るとカラカラ笑うのだった。

……その仕草にも、何か違和感を感じる。

私の知っている彼らなら、私がタンコブを作ったなら、たかがそれだけのことでも数珠《じゅず》を揉《も》み始めて、大袈裟に騒ぐはず…。

若いんだからボールのひとつやふたつ平気、…なんて言い方は普通の子には言うかもしれないが、私に限っては、この雛見沢では特にありえないことだった。

…やはり、強い違和感を感じる。……何か、無視できない大きな何かが、この世界は異なっている。

「さ、梨花ちゃん！　入って入って！」

さっきの大男がずかずかと診察室に入っていくと私を呼ぶ。

…女王感染者《かんせんしゃ》の私が診察に来たなら、所長である入江が出てきて当然なのに、…未《いま》だ姿を現さない。……さっきからずっと感じ続けている違和感がますますに強くなる。

その時、…私は妙なものを見つけた。

それは待合室内に貼られている、病院からのお知らせだった。

〝月初めの診察には必ず保険証をお持ち下さい。タカノクリニック〟

………は？

タカノ、…クリニック…？

待合室内に色々と貼られた他のお知らせをぐるりと見回す。

…そのどれにも末尾《まつび》にタカノクリニックと書かれている。入江診療所と書かれたものはひとつもない。

……………………ここ、…………どこ……。

「梨花ちゃ～ん、どうぞー!!　時間ないから早く入ってー！」

診察室から野太い声が再び聞こえる。

私はその声を無視して、表口から外に飛び出す。……なぜ？　知りたいから。

この診療所の、名前を。

……………………タカノ、…クリニック？

私のよく知る入江診療所とそっくりなのに、…先ほどから強く感じていた違和感の答えが、そこにあった。

「………ここ、…………どこよ……。」

私の全身から力が抜けていくのがわかる。

へなへなと座り込み、……私は、聞いたこともないその名を見上げてしばしの間、呆然とするしかなかった…。

…どれくらいの間、そうしていたかわからない。

やがて、さっきの大男の医師と看護婦が駆けてきた。

急に具合が悪くなったのかと聞いてくるが、それに答えないと余計に構われそうで鬱陶《うっとう》しい。

…だから私は半《なか》ば投げ遣《や》りに、ちょっと立ちくらみがしただけだと言い繕《つくろ》う。

だが、彼らにとってはその立ちくらみが何かの症状かもしれないと思ったらしい。

私を抱え上げると診察室に運び込み、脳波計の端末をぺたぺたと貼り付け、安静にするように言うのだった。

「……みー。本当に何でもないのです。面倒臭そうだったので逃げちゃおうと思ったら転んでしまっただけなのですよ。」

「何でもないかは医者が決める。ワシがいいと言うまでそこに横になっていなさい。いいかね？」

「…………………。」

言い返せば言い返すほどにややこしくなるような気がして、私はこの場をやり過ごすためだけに、取り敢えず素直に従うことにする…。

「……先生。入江というお医者はいますか？」

「何？　誰だって？」

「入江です。」

「……入江？　それは梨花ちゃんの主治医《しゅじい》かい？　どこの病院だい？」

「…………………。」

話がまったく噛《か》み合わない…。

この世界では、入江は存在しないのか…？

あの六月十九日を巡る長い戦いで、赤坂《あかさか》や葛西《かさい》といった大人《おとな》たちの派手《はで》な活躍に比べたら地味かもしれないが、彼の存在は極めて重要だった。

雛見沢症《しょうこうぐん》候群が生み出す悲しみの連鎖《れんさ》を断ち切ろうという彼の決意なくして、雛見沢が千年の呪《のろ》いから解放されることはないとすら言えるだろう。

…その入江が、…いない。

……それに、入江は私が女王感染者であることを知る唯一の味方だった。……それが、いないのだ。

沙都子の違和感ある口調。

「東京」の唯一の味方である入江の不在…。

何かの気持ち悪いサイコロが一を示しているのは間違いなかった。

…なら、入江という味方がいないにもかかわらず、鷹野だけは相変わらず黒幕として存在しているのではないか？　……悪い目が出た時は立て続けに出るものだ。

「タカノ先生はずいぶん前にお亡くなりになられてるよ。この村にこんな立派な診療所を建てられた功績《こうせき》を讃《たた》えてね、その名を診療所名に残してるんだよ。ワシはお会いしたことはないんだが、大変、立派な先生だったという話だよ。」

「…り、…立派な先生、…ですか。」

あのオカルトマニアの鷹野が立派な先生という評価を受けるのだろうか。……それに、だいぶ前に亡くなっている…？

診察室をぐるりと見回した時、老人の写真が額縁《がくぶち》に飾られているのを見つける。

そこにははっきりと、初代所長、高野一二三《たかのひふみ》と記《しる》されていた。

高野、…一二三？

確かその人物は、鷹野が祖父と呼んで尊敬していた男ではなかったか。

雛見沢症候群を最初に発見したが、誰にもその論文を認められず、失意《しっい》の内に没《ぼっ》したはずだ。……その無念を汲《く》み取り、鷹野がやがて大きな決意をし、運命と呼べるほどの強固な未来を築《きず》き上げていく…。

…その、鷹野は?

「鳥のタカの鷹野さん? 高い低いの高野先生じゃなくて? うーむ、ワシは知らんがね。看護婦さんにもいないし。……ワシが来る前に辞《や》めた古い看護婦さんかね?」

「……違うと思います。若い女なのです。」

「んー。うちにはそんな人はおらんがねぇ。そんな看護婦さんがいたら、ぜひうちに勤めてもらいたいねぇ、わっはっはっは!」

げらげらと豪快に笑うその様子は、とても嘘《うそ》をついているようには見えなかった。この男は真実を語っている。

…じゃあ、鷹野まで、……いない…?

入江がいなくて鷹野がいない。

入江機関の所長と副所長がいない。

……それはつまり、どういうことなのか。

なら、誰が所長なのか。

そうだ、山狗はどうだろう。

入江機関など所詮は研究機関。

手足となって動く彼らの存在がなければ成立はしない。

「……小此木造園《おこのぎぞうえん》という造園屋さんはありますですか？」

「え？　造園屋さん？　さぁねぇ！　造園屋さんにご縁があったことはないからね。ちょっとわかりかねるけど。それはどこの業者さん？」

「……えっと、…興宮に事務所があったと思いましたです。」

「ふむ。なら後で電話帳で調べてみたらいい。個人では載《の》せない人もいるけど、会社とかなら大抵は載ってると思うがね。」

まさか、……この世界には入江機関が存在しないのだろうか……。

それはつまり、……この世界には、そもそも袋小路が存在しない、…ということ……？

…何が何だかわからない。

何のサイコロが一で、何のサイコロが六なのか。

……いや、そもそもおかしいのはサイコロの目なのか。

そもそも私というコマが載っているゲーム盤《ばん》が、私が知っているゲーム盤とは、違ウノデハナイカ。

もう少し楽観的に考えよう。

…ひょっとして、……「東京」に選ばれたのが、入江でなく、この男という可能性もあるのではないか？

なら、この男は私が女王感染者だと知っている…？

だとすると腑《ふ》に落ちることもいくつかある。

飛んできたボールに頭をぶつけて倒れた程度で、脳波を計ろうと言い出す慎重さは、私が女王感染者という特別な存在であることを知っているからなのではないか。

……では、この大男が、この世界での入江の役……？

診療所に来てから着た白衣に付いていた名札の名前を読み上げる。

「……山本《やまもと》。」

「うん？」

自然な返事が返ってきた。…山本という名前で問題はなさそうだった。

この山本という男が、入江機関、…いや、山本機関の所長なのだろうか。

高野一二三の研究を受け継いだという記念的な意味でタカノの名を診療所に冠《かん》した可能性もある…。

「……山本は、雛見沢症候群のことはわかりますか？」

「雛見沢、なんだって？」

「……ボクが女王感染者だとか、わかりますか…？」

「女王様ぁ？　わっはっはっは！　梨花ちゃんじゃあ、まだお姫様ってところだなぁ！　将来は女王様になりたいのかい？　ははは、そりゃあでっかい夢だね。ハイ、ＯＫ。もう外していいよ。」

このわずかのやり取りだけで、山本が雛見沢症候群と何の関係もないことがわかる。

……かつての入江診療所にも、「東京」と無関係の人間も少しはいた。

でも、それは看護婦や事務員に少々混じっていたという程度。

それに、女王感染者が運び込まれてきたのだ。

雛見沢症候群に関わる人間ならば、すっ飛んでくるはずだ。

それですっ飛んできた山本が、私が誰だかわからないというのは、……どういうことなのか。

入江の軽薄《けいはく》な笑い声がどこからか聞こえてこないかと耳を澄《す》ますが、待合室から聞こえるテレビの声と金魚の水槽《すいそう》のモーター音しか聞こえない。

……診察に下心《したごころ》が入り混じったあのメイド男の姿が見えない診療所。

それは、埃《ほこり》と薬品の臭いが不快感を感じさせるだけの、居心地《いごこち》の悪い場所だった…。

私は、知る。

ここは、……私の知っている診療所ではない。

もうそれは違和感ではなく、今や歴然《れきぜん》とした事実だった。

一度、席を外していた山本が戻ってくると、脳波にまったく異状はなかったと告《つ》げた。

「具合が悪いところがないなら、学校にもう戻ってもいいよ。もうすぐ午後の診療が始まっちゃうから送ってあげられないけど、大丈夫かな？　ひとりで学校まで行けるかい？」

「……みー。」

「みーじゃハイかイイエかわかんないよ？　どっちだい？」

「……は、…はい。大丈夫です、ひとりで学校に戻れますです。」

「そうか。じゃあもう行きなさい。知恵先生には学校にこれから戻ると電話しておくよ。」

「…………………ぁ…。」

山本が卓上の受話器を取る姿を見た時、……その脇《わき》に置かれた卓上カレンダーが目に入る。

一九八三年、六月。

……一九八三年って、…昭和の何年だっけ…。

太平洋戦争が終わったのが一九四五年で、昭和二十年だから、…………八十三から四十五を引くと、……繰り下がりの引き算は苦手……。

…んん、…八十三―四十五＝三十八？

確かめ算で八十三になるから三十八で間違いない。

…それに、昭和二十年の二十を足すから、………三十八＋二十＝…。……五十八？

昭和、…五十八年？　六月？

私が、さっきまで過ごしていたのと同じ時代ではないか。

でも、……え？　そんな馬鹿な。

…………昭和五十八年に、……悟史がいる？

そして、入江がいなくて鷹野がいなくて、…沙都子がどこか変で、羽入までいなくて…。

……ここは、………どこなの…。

羽入、どこで道草を食ってるのよ…。早く、あぅあぅ言って現れて、私にここがどんな世界なのか教えてよ…。


学校へ戻る途中、商店街を通った。

お店の並びは私が知っているものとまったく変わらない。

でも、なぜか人の気配が少なく、シャッターの下りている店が多かった。

…その寂れ具合はまるで、元旦《がんたん》や大晦日《おおみそか》を思わせる。……セミの声が聞こえる季節の景色としてはおかしい。

人ともほとんどすれ違わないし、たまに老人とすれ違っても、話しかけられたりしない。

…こんな真昼間に老人と出会ったら、大抵は風邪でもひいて休んだのかと問い詰められ、数珠を揉まれて変に有難がられるのだが。……それがない。診療所の老人たちと同じ、淡《たん》白《ぱく》な反応だ。

今はそんな気持ちではないのだから絡《から》まれないのはむしろ有難いが、……すでに層《そう》を成すほどに降り積もった違和感の上に、さらに降り積もるのを感じずにはいられない。

学校へ戻ってきた頃にはとっくに昼休みが終わっていて、午後の授業の時間になっていた。

私は昇降口に入り、上履《うわば》きに履き替える。

…その時、また違和感に気付く。……下駄箱《げたばこ》に空白がとても多いのだ。

空白は欠席とは異なる。

在籍《ざいせき》していれば、靴《くつ》箱には必ず上履きか外履きのどちらかが残る。

……そのどちらもないというのは、そもそもこのクラスにいない、という意味だ。

週末に上履きを持ち返って洗うこともあるだろうが、……日中に空白になることは考えられない。

数えてみると、………靴の数は十ちょっと。

私の知っている在校生の数の半分しかない。

……もう、何もかもがメチャクチャで、…わけがわからない。

私は意を決して、教室の扉を開ける。

みんながぎょろりと振り返る。

見知ったクラスメートの数は、本当に半分だった。欠席というわけではない。

…だって、教室に並んでいる席の数が、本当に半分なのだから。

「古手さん、着席してください。ハイハイ、皆さん！　授業中ですよ、ドリルに集中して！」

知恵が手を叩《たた》いて注意するとみんなの視線は机の上のドリル帳に戻り、私は全員の視線から無視された。

……私の席。

沙都子の隣の席には、悟史が座っていた。…………私の席ではないようだった。

じゃあ、私の席はどこなんだろう。

…すると、後ろの方の窓際《まどぎわ》の、ちょこんと取り残されたような席が空いていた。

防災頭巾《ぼうさいずきん》の入った座布団《ざぶとん》の柄でわかる。そこが、この世界の古手梨花の席らしかった。

そこは、教室の忘れられた場所のような一角。

隣に席はなく、黒板を眺めようとする誰の視界の中にも入らない場所。

私がいてもいなくても、誰の視界も妨げない場所。

私が目覚めてから感じ続けている違和感を、象徴《しょうちょう》したかのような席だった。

着席して私もドリル帳を取り出し、勉強のふりだけをしながら教室の中を観察する。

……園崎魅音はいた。

雰囲気もそう変わりはなさそうだ。

そして竜宮《りゅうぐう》レナもいる。

近くの席の子の勉強を見てあげている世話好きな雰囲気も変わりなく見えた。

沙都子と悟史は、…仲良く兄妹で勉強している。

悟史は兄として色々教えてやるのだが、沙都子は不貞腐れた様子で、右の耳から左の耳という様子だった。

それは勉強が嫌いなだけでなく、悟史は自分が面倒を見るものという図式《ずしき》が逆になっているのが面白くない、という風にも見えて少しだけ微笑《ほほえ》ましかった。

保健室での、素《そ》っ気《け》無い素振《そぶ》りが未だ心にチクリと刺さっているが、沙都子個人を見る限り、ごく普通に見えた。

でも、…やはりどこか違和感が拭えない。

悟史と一緒にいる時の沙都子は、家族問題や叔母《おば》のいじめなどで暗そうにしていることが少なくなかったから、普通の兄妹に見える関係は、…沙都子には不謹慎《ふきんしん》だが、違和感を感じるものだった。

でも、沙都子が普通に生活しているならそれでいい。

それよりも、…ショックだったのは、……私たちの仲間の中で、もっとも大切な男のこと。

…………何度も教室内を探したが、…姿がない。

前原《まえばら》圭一が、…いない。

何かの見間違い、もしくはたまたま欠席で…などと自分に対する言い訳を何度も考えた。

でも、壁に貼ってあるお当番表を見ても、圭一の名はない。

…クラス全員の名前が書いてあるべき場所に、圭一の名が、ない。

この教室には、前原圭一の存在がないのだ。…昭和五十八年六月の世界なのに。

……………そうか。……稀《まれ》に圭一が引っ越してこない世界もあったっけ。

初めてのことではないにしても、……それは悲しいことだった。

圭一は、昭和五十八年六月の運命を打ち砕《くだ》く大きな鍵《かぎ》の役割を持つ。

…その圭一がゲーム盤に登場しないということは、今回のゲームは初めから負けが決まっているということと同じだ。

……だが、そもそもこれはゲームになっているのか。

入江はいなくて鷹野もいない。そして雛見沢症候群を研究している「東京」の機関の気《け》配《はい》もない。

彼らが存在しないなら、……そもそも戦う相手も存在しないのではないか。

戦う必要がないなら、……その、……ある意味では、圭一が不在でも問題ないわけで。

…いや、ならばそもそも、昭和五十八年六月の運命も袋小路もなくて、……………えっと…。

つまり、鷹野の強力な意志の力で絶対と呼べるまでに鍛《きた》え上げられた運命が、この世界

では、千のサイコロが一を示すことで、…別の運命を示したということ…？

…………何が何やらわからない。

そもそも、サイコロの出目《でめ》だけで説明できる世界なのだろうか。

ここは、……一体、どこなの…。

……誰か教えてよ……。

授業など集中できるわけもなく、……私は気だるいセミの声と、拭えぬ違和感で頭をいっぱいにするのだった…。


「きり――――ッ！　礼!!」

「「「さよ――――なら――――!!」」」

委員長は魅音でいてくれた。…そんな程度のことになぜか安堵する。

…そうだ。…この世界では部活はあるのだろうか。

今の私のこの気持ちも、…あのハチャメチャな部活の洗礼《せんれい》を受ければ、少しは晴れるのかもしれない。

…部活がある日なら、放課後すぐに全員に声がかかるはずだ。

私はそれを期待して、みんなが廊下へ駆け出していくのを見送りながら席に残ってみる。

その、廊下に駆け出していく中に沙都子の姿があった。

沙都子は歳の近い他の子たちとじゃれながら昇降口へまっしぐらだった。

その後を追って悟史も出て行く。

魅音はレナとしゃべりながら帰り支度《じたく》だった。

それを見る限り、部活があるようには見えない。

……時に煩《わずら》わしく感じる部活をこれだけ切望《せつぼう》しているのに、…この世界には部活はないのだろうか。

そう思い、寂しい気持ちになった時、魅音がにやにやした表情を浮かべながら、レナと一緒に私のところへやって来るのが見えた。

普通ならいやらしいと思うその笑いも、魅音が浮かべると悪意が感じられない。

そんな魅音と目が合う。……あぁ、よかった。この世界にもちゃんと放課後に部活はあるのだ。

「へいへい、梨花ちゃま〜！　お帰りになる前にちょいといい〜？」

「……みー！　部活なのですか？」

私はこの世界で初めて笑みを浮かべた。

この何が何だかわからない世界で、自分の期待が当たるのは、今やそれだけでとてもうれしいものだったから…。

「違うよ、明日の日直《にっちょく》でしょ？　ハイこれ日誌ね。で、部活って、はっははは！　何だ、梨花ちゃんも私の部に入りたいのー？」

「……みー！」

魅音の短い言葉が意味するところは二つあった。

一つは、私がまだ部活メンバーではないこと。

一つは、でも、部活はちゃんと存在すること、だった。…今の私にとって、それはとてもうれしいこと。

「ふぅむ！　ならば古手梨花、君に我が部への入部を許可しよう！」

「魅ぃちゃん、おっかしい。あっはははははは。」

レナが面白い冗談を笑うように微笑む。……どうして笑う…？

「ただ、梨花ちゃんとは同じ部になれても、部活動は一緒にはできないんだよねぇ。」

「……ど、…どうしてなのですか。」

「だって。梨花ちゃん家《ち》と私たちん家、方向違うじゃない？」

「……みぃ…？」

えっと、………あ…。

多分、魅音が言ってる我が部とは、部活未所属のこと、いわゆる「帰宅部《きたくぶ》」のことだろう。

それで、帰り道が違うから一緒に活動（下校）はできない、と言っているに違いなかった。

…………つまり、……やっぱりこの世界には部活はないのだ。

「……魅ぃちゃん。その部活動、たまには梨花ちゃんと一緒でもいいんじゃないかな。」

「んー？　逆方向じゃん？」

「あはは、たまにはいいんじゃないかな、かな。」

私がひとりぼっちでの下校になることを知っていて、レナは一緒に下校しようと言ってくれている。

そのやさしい気遣いは、私がよく知るレナと変わらない。

…部活はないが、魅音とレナは魅音とレナだった…。

「私ゃ悪いけどパスするわー。ちゃきちゃき直帰して、おじさんとこバイト行かないとなんないんで。」

「そっか。じゃあ、帰宅部の放課後活動は、私と梨花ちゃんのふたりでしよっか。」

「……ありがとです、レナ。」

「うん。」

私たち三人は昇降口へ向かう。

外履きが残っているのは、私たちだけだった。

「……ボクが知っているより、上履きの数が少ないのです。」

そう、自然にぽつりと言ってみた。

するとレナが応えてくれた。

「寂しいけど、仕方ないよね。」

「寄《よ》らば大樹《たいじゅ》、長いものにはぐーるぐるってとこさね。そんじゃ悪いけど、私はこのまま失礼させてもらうわ。じゃ礼奈《れいな》、梨花ちゃんのエスコートをお願いね！」

「うん！」


「………れい、な…？」

「うん？　何？」

「………何でもないです。」

レナは私がよく知っているやさしいレナだったが、……名前がレナではなかった。

礼奈。…その名は、確かにレナの本名だが、私の知る世界のレナは、その名と決別した。

…ということは、…………礼奈と決別していない…？

あるいは、…彼女が至《いた》る今日までの道のりが、私の知っている世界とは異なる…？

確かレナは、母親の離婚《りこん》を自分の責任と思い込み、自身を強く嫌悪《けんお》する。

……そして、生活も自身もめちゃめちゃにしてしまって…。それと決別し、新しい自分を始めるという意味を込めて、自らの名前を「レナ」に改名するはずなのだ。

それが、なかった…？

そして、今の会話でわかったのはそれだけではない。クラスの人数についてだ。

私が、クラスの人数が少ないことを口にしたら、それには理由があるような素振りだった。

…つまり、この世界のクラスは最初っからこの人数だったのではない。減って、この人数になったのだ。


魅音は走り去り、私はレナとふたりで下校する。

校庭を横断する時、校庭で鬼ごっこのようにしてふざけ合う沙都子の姿が見えた。

「沙都子ちゃんを見てるの？」

「……みー。」

名を礼奈と違《たが》えても、相変わらず彼女はこういうことを察《さっ》するのに敏感だった。

「沙都子ちゃんも、悪気があってボールをぶつけたんじゃないと思うよ。許してあげて、ね？」

「……別にどうとも思っていませんですよ。」

レナ、……いいや、礼奈は取り繕うような、そんな言い方をする。

まるでそれは、私と沙都子に普段、親交《しんこう》がないような、そんな感じにも聞こえた。だから聞いてみる。

「……ボクと沙都子は、…友達ではないのでしょうか。」

「そんなことないよ。ちゃんと同じクラスの友達だよ。」

「…………………。」

その言い方で十分答えになっていた。

……もうこれで、あの保健室の沙都子の素っ気無い素振りが理解できる。

この世界では、……私と沙都子は、友達ではないのだ…。

それは、……そうかもしれない。

だって、悟史が健在なら、沙都子はずっと悟史と共に過ごす。

私と沙都子が、親友と呼べる関係になるのは、……沙都子がひとりぼっちになり、私が一緒に住もうと話しかけ、同居するようになってからだ。

…もちろん、それ以前にも友達ではあったが、昭和五十八年の関係に比べたらずっと希《き》薄《はく》だ。

結局、私と沙都子の関係は、…私が悟史の空けた席に座った形のものでしかなかったのかもしれない。

それを思えば、……この昭和五十八年六月に悟史がいるというＩＦ《イフ》を考えれば、…至極《しごく》当然《とうぜん》の未来なのかもしれない…。

私は、沙都子が楽しそうに遊ぶ様子を未練《みれん》がましく見る。

沙都子は他のクラスメートたちととても楽しそうに遊んでいて、私が下校する姿になど、気付くはずもなかった。

…………深く考えるのはやめよう。

私が辿り着くべき本当の世界の前には、この世界など欠陥品《けっかんひん》でしかない。

壊れた世界を理解なんて、する必要ないのだから。


「………ずいぶん、開いてるお店も減ったね。」

シャッターの下りた店の多い商店街を通り抜ける時、礼奈がぽつりと言った。

もはや興味のない世界だったが、一緒に下校するクラスメートとして、つい受け答えをしてしまう。

「……どうして、こんなにもお店が減ってしまったのでしょう。」

「それは当然だよ。来年までしか営業できないもんね。来るお客さんだって減る一方だし。早めにお店を畳《たた》んじゃう人がいてもおかしくないよ。」

「……どうして、来年までしか営業できないのですか。」

「仕方ないよ。立ち退《の》きだし。」

「立ち退き?」

「……残念だけど、仕方ないもんね。…それに、村は沈《しず》んでも、村が育《はぐく》んでくれた私たちの魂《たましい》が滅びるわけじゃない。」

それを聞いてはっとする。

まさか、………いや、…ありえる。

いつもの世界でも、雛見沢がダム湖に沈む話は必ず出てくる。

でもそれを、入江機関が暗躍《あんやく》して撤回《てっかい》させるのだ。

その、撤回させる入江機関がないなら、……ダム計画はつまり、順調に進むわけで…。

「……じゃ、じゃあ、……村は、……ダムに?」

「注水は来年で決定らしいよ。…水没にはかなり日数がかかるそうだけど、私は見たくないな。湖になった後ならともかく、…沈んでる最中を見るのは、悲しいかな…。」

「反対運動とかはなかったのですか……?」

「最初はあったらしいね。でも、国の発展のために私たちだけがわがままを言うわけにもいかないし。…よくは知らないけど、国の人も、親身になって相談に乗ってくれたらしいよ。」

礼奈から聞かされるダム戦争、…いや、この世界では戦争にすらなっていない。…ダムに関わるやり取りは私が知る世界のそれとはまったく違っていた。

雛見沢ダム計画が発表されたのは、私が知る世界と同じだった。

立ち退きを求める国と、それを拒否する住人の関係が次第に険悪《けんあく》になっていき、……やがて破綻《はたん》。泥沼のダム戦争へと雪崩《なだ》れ込んでいく。

……だが、この世界ではもう最初から事情が違っていた。

まず、国と村の関係は、本当の初期の初期こそ険悪だったが、すぐに解消されたらしい。

園崎家と公由《きみよし》家が代表で国と交渉し、立ち退きに応じた際、多額の補償金《ほしょうきん》を給付させることの約束を得られたからだ。

そこからは御三家《ごさんけ》と村人の話し合いになった。

先祖代々《せんぞだいだい》の土地を失いたくないのは誰でも同じ。

でも、決して裕福とは言えない村人たちにとって、国が補償するお金は決して少ないものではなかった。

……悩みに悩みぬいた。土地を捨てたらオヤシロさまの祟《たた》りがあるのではないかと噂した。

だが、古手家当主《とうしゅ》、……つまり、私の父が、オヤシロさまの新しい神社を他所《よそ》に建立《こんりゅう》し敬《うやま》う気持ちを忘れなければ、オヤシロさまの祟りはありえないと宣言。

多少の異論は出たものの、古老たちは数年の冷却期間を経て同意。

国に対し、補償金の他に、古手神社や墓地、象徴的樹木の移転、雛見沢の名を冠した移住先等を要求し、これが満たされるならば立ち退きに応じることを検討する、とした。

国側はこれに同意。

鹿骨《ししぼね》市内に造成中の公営住宅地の優先入居権を提案。

新たに決める町名については、住民の提案を最大限に配慮《はいりょ》するとし、神社、墓地等の移転にも同意した。

……つまり、数年の騒動を経たとはいえ、…この世界ではダム戦争は起こらず、話し合いで解決され、……しかも村人はダム計画に同意したのだ。

すでに数年前からダム工事の本格的な着工は始まっており、村の太い道路には、工事用車両がひっきりなしに往来しているのだという。

そして、来年四月末が立ち退き期限に定められており、期限を待たずに引っ越しを始めている家も少なくないという。

閉店している店のシャッターに煤けた張り紙がされている。

そこには、永年《ながねん》のご愛顧《あいこ》を誠にありがとうございました…と書かれていた。

時折、ダム反対と書かれた張り紙も見つけたが、それはかなりの経年劣化《れっか》を経ており、すでにダム戦争は過ぎ去った過去のものであることを、無言で物語っている…。

「クラスの子も全員が公営住宅に行くわけじゃないみたいだね。沙都子ちゃん家なんかは、他所へ引っ越しちゃうみたいだよ。…仲良しのみんな全員と会えるのも、来年までかと思うと、何だか寂しいよね。」

「…………みー。」

生まれ育った村が水没するのは、とても悲しい…。

でも、それを知っていて今日を精一杯遊ぶクラスメートたちは本当にたくましいと思った。

……そして、ダム戦争が起こらなかったということは、それに起因《きいん》する様々なことに影響を及ぼしていることになる。

例えば、…園崎家と北条家の関係。

ダム戦争の初期に、ダム賛成を表明し、園崎家と対立したため、その後長く村のスケープゴートにされてしまう北条家。

…でも、この世界ではそのトラブルはないのだから…。

「沙都子ちゃんのお家？　さぁ、普通だと思うけど？　別に魅ぃちゃん家とも特別、接点はないと思うけどなぁ。」

「……沙都子は、…家族と仲良くできてますか？」

「あ、…お父さんの話？」

ダム戦争の話がなくても、沙都子にとって、義父の存在は心を追い詰めるものだった。

そして、L5を発症させ…、公園の展望台から突き落とし、…その結果、意地悪な叔父《おじ》叔母のもとへ預《あず》けられ……。

そう、義父の存在がその後の沙都子の不幸な運命のまさに入り口となる…。

「今にして思うと、最初の頃のぎくしゃくした関係もいい思い出かもしれないね。…血がつながっていない親子だからこそ、…互いが父であろう、娘であろうと努力することによって、…ひょっとすると、実の親子より強い絆《きずな》を作れることもあるかもしれないもの。………私も何度かお話をしたことあるけど、家族を支えようと頑張るいい人だったよ。」

「……それ、沙都子の今のお父さんの話なのですか。」

「うん。」

つまり、……この世界には、沙都子を脅《おびや》かすサイコロの目は、ひとつたりとも一を出していないということ。

沙都子にとって、…ここは幸福の世界、ということなのだろうか…。

…………。

礼奈との下校は、この世界のことを知る上でとても有意義《ゆうい ぎ》だった。

そして、この世界の組成《そ せい》が私の常識をことごとく裏切っていることを知った…。

礼奈がレナでない理由。……それは、一番最初の時点から違っていた。

まず、竜宮家は茨城《いばらき》に引っ越さなかった。

竜宮家は今日までずっと雛見沢に住み続けていた。

母親は市内の小さな会社でデザイナーを続けている。

父親は営業に転向し、妻がデザインしたものを売り込む役割だった。

……デザインと売り込みのふたつの役割が夫婦なら、息も合うに違いない。

相変わらず、立場は母親の方が強いようだが両親の仲はとりあえず平凡で、…少なくとも離婚なんてことだけはありえないらしかった。

礼奈にとってそれは、円満な家庭。

…礼奈はそれを、十分に満たされていて、多分、これが幸せな生活なのだと思うと言い切った。

………辛い経験を経ずしてそれを理解するとは、レナはやっぱりレナだった。

タカノクリニックのことも聞いた。

あの大男の医師、山本が言っていたとおりだった。

タカノクリニックは、かつては高野診療所と呼ばれていたという。

設立者は高野一二三。

戦後すぐに、無医村《むいそん》だった雛見沢に驚くほど立派な診療所を建てて、村人から名士と讃えられた。

私の知る世界では入江を讃える石碑《せきひ》が建てられている場所に、高野を讃える石碑が建てられているという。

高野が没した後、診療所を引き継《つ》ぐ後継者がおらず、長い間、この診療所は無人のまま放置されていたという。

そこへ山本という興宮出身の男がやってきて、タカノクリニックとして蘇《よみがえ》らせたとのことだった。

……高野は雛見沢症候群を発見し、研究のスポンサーを求めたが得られなかった。

それをやがては鷹野が引き継ぐのだが、…もしも、その高野が、スポンサーを得られたなら。

鷹野も入江も現れず、戦後すぐに高野診療所が建てられることは説明がつく。

…つまり、この世界の高野は、サイコロの目に恵《めぐ》まれたということなのだろう。

ここまで来て、私は何となく理解する。

…この世界は、私がよく知る世界と、サイコロの目が正反対になっているのではないだろうか。

人自体は何も変わっていない。でも、その人のために振られる神のサイコロの目が、全て逆なのだ。

……なるほど、それはこういう奇妙な世界となって表されるのか。

そして、礼奈と話す内にもうひとつわかったことがある。

…この世界における私には友達がいなくて、…ひとりぼっちだということだった。

圭一が転校してこなくて、部活もなく、沙都子も私に関心がないとなれば、……それは当然のことなのかもしれない。

そこまで至ってようやく私は、礼奈が私のひとりぼっちの下校を憐《あわ》れんで一緒に「帰宅部の部活動」に付き合ってくれたことの意味を理解する。

「じゃ、また明日ね。」

「…え？　…………あ、…そうか。」

神社の前でないところで、礼奈にまた明日と告げられ一瞬だけ混乱したが、…すぐに理解した。

ここは、古手本家の前なのだ。

鷹野が現れない以上、入江機関もなく、雛見沢症候群の研究もないならば、………私の両親が死ぬこともない。

…私の両親は初め、研究に協力的だったが、私が高熱で寝込んだのを境《さかい》に、非協力的になり、…何らかのトラブルを経て暗殺《あんさつ》される。

母は騒ぎ出すとなかなか鎮《しず》まらないヒステリックなタイプだった。

それが騒ぎ出すのだから、隠密《おんみつ》に研究を進めたい入江機関にとって口封《くちふう》じをしたくなるのは当然だ。

入江機関がまともな存在じゃないことを知っていてなおそういう態度を取ったのだから、ある意味、自業自得と言えないこともない。

何しろ、何度やり直しても、何度忠告しても覆せなかったから、私はもう両親を、昭和五十六年にリタイアする存在だと諦《あきら》めてしまっていたのだ。

……それに、何度も繰り返している。

　両親の顔は、トータルで何十年分も見ているのだから、愛想《あいそ》も尽きる。…元々、仲もよくなかったし。

その両親が、昭和五十八年六月の世界に、いる…。

「また明日会おうね。ばいばい〜！」

「……さよならなのですよ。にぱー☆」

礼奈を見送り、自分の本当の家を見る。

……庭に干《ほ》した布団を叩く母の姿が見えた。

普段の世界なら、必ずいなくなる存在でも、……この世界では、ずっとい続ける存在。

…私は、実の母にどう接すればいいか、わかりかねていた…。

「梨花なの？　おかえりなさい。」

「……みー。ただいまなのです。」

「手を洗ってうがいをしなさい。それから明日持ってく教科書は今の内に準備しておくのよ。宿題は出なかった？」

…………………。呆《あき》れるくらいに、我が母だった。

正直なところ、…古手本家は馴染《なじ》まない。

本当の意味での私の家なのだが、…今の私にとって、ここが家であるということは、昭和五十八年に至る途中であるということでもあり、圭一が転校してくる日までを憂鬱《ゆううつ》に待つ、時の座敷牢《ざしきろう》に思えるのだ。

でも、圭一は転校してこないし、両親も死なない。

だからつまり、この世界の私は、この座敷牢から永遠に出ることはできないのだ…。

…でもその考えもおかしいか。……袋小路の運命がない以上、勝ちも負けも、運命も奇跡も、何もない。

ここは私の実家。………それ以上でも以下でもないのだ。


私は自分の部屋へ行き、ランドセルを下ろして一息をつく。

……ひとりきりになれば、大抵、羽入は現れる。

でも、この世界では現れなかった。

一体、いつまで油を売っているつもりなのか。

……早く現れて、私を元の世界に戻してほしい。

この世界が、ＩＦだらけの奇妙な世界だということは十分にわかった。異界探検はもうお腹《なか》いっぱいなのだ。

でも、羽入は現れない…。

…そうだ。羽入は、ひとり祭具殿《さいぐでん》にいることが多かった。ひょっとしてそこにいるのではないか。

とにかく、今は何が何でも羽入に会いたかった。

私は靴を履いて、神社へ駆け出していく。

ちゃんとうがいはしたのかと叫ぶ、口うるさい母の声を背中に受けながら。

父が生きている世界では、祭具殿の鍵を手に入れることは難しい。

でも、私は数多《あまた》の世界のお陰《かげ》で、鍵がなくても祭具殿に入ることができる方法を知っていた。

集会所の中から、老人たちが談笑《だんしょう》する声に混じって、父が笑う声も聞こえてくる。

……父は、私が祭具殿に近付くことをとても嫌う。

…まぁ、中に収めてあるものを思えば、愛娘《まなむすめ》を近付けたくない気持ちも少しはわかる。

人目がないことを確認してから、私は祭具殿の裏に生えている木によじ登る。

…沙都子がかつて登ってみせたのに比べると、するするとはいかない。

とにかく、意地で這《は》い上がり、そこから祭具殿の屋根に飛び降りる。

この飛び降りる時が少し怖い。地上からずいぶんの高さまで登ってしまっている。

…百年の魔女とて、高所の恐怖からは逃れられないのだ。

確か、屋根のところにある格子窓《こうしまど》が壊れていて、そこから出入りができるはずなのだ。

………この世界は、私の期待を正反対に裏切る。

ひょっとして、出入りできなくなっているのではないかとも思った。

でも、……かつて沙都子が教えてくれたそこは、ちゃんと教えてくれた通りに壊れていて、子供なら中に入り込めそうになっていた。

……これしきのことでも、安堵する。

今の私は、お日様が西に沈んでも安堵するのかもしれない。

……この世界では、東に沈むことだってあるのかもしれないのだから。

そう、全てを疑わねばならない居心地の悪さが、……眩暈《めまい》のようで気持ち悪い。

「…羽入？　………羽入？　……いる？」

………返事はない。

私はもう一度呼び掛けるのが怖かった。

もし、もう一度呼び掛けても何の返事もなかったなら、………この世界には羽入はいないという、今の私にとって、一番あってはならない出目を示してしまうのだから。

「……………………………羽入？　……羽入⁉」

その時、何か形容のできない気配のようなものを感じた。

それは人ならざる者の気配。

……私にしか知覚できないに違いない、羽入の気配。

でも、羽入は呼び掛けたら必ず応えてくれる。それが応えてくれないとはどういうことなのか。

でもいるのだ。いる！

もう、こんな屋根の上から首を突っ込んでいても仕方なかった。

私はぶら下がっている鎖《くさり》の束《たば》を伝って、中に降りる。

「……羽入、羽入！　どこなの！　返事をして…!!」

…………梨花…、…………梨花……、どこなのですか……。

今度ははっきりと聞こえた。間違いない！

「羽入！　私はここよ！　どこなの!?　あなたの姿が全然見えない…！」

……梨花、…………梨花……、返事をして……。

そのか細い羽入の声は、まるで私の声の方こそ聞こえないという風だった。

羽入の声が少しでもよく聞こえる場所を探す。

すると、いつの間にか自分は御神体《ごしんたい》の前の祭壇《さいだん》のところへ来ていた。

祭壇の上に飾られた小さな水晶球のようなものが、ほのかに光を放っているように感じる。

……羽入の声はそこから聞こえるようだった。

その水晶球の大きさは、大き目のビー玉くらい。

でも、うやうやしく小さな座布団の上に鎮座《ちんざ》し、ただのビー玉とは違うことを教えてくれていた。

私はその水晶球を手に取り、耳に押し当ててみる。

「……梨花、聞こえたらもう一度返事をしてください…。梨花……、梨花……、」

間違いない。羽入の声は水晶球の中から聞こえているのだ。

しかも、その声は私を求めて、次第に遠のいていくようでもある…。

「羽入！　聞こえるわ、私よ、梨花よ!!　私はここにいるわ…!!」

「……梨花、………梨花……。あなたの声が聞こえますです。…どこにいるのですか、あなたが見つけられない。声が遠くてわからない…。もっと強く呼び掛けてくださいです……。」

「ここよ!!　私はここよ!!　どうしてあなたの声が水晶球から聞こえるの？　ううん、そんなことはどうでもいい！　私はここよ、祭具殿の祭壇の前にいるわ!!　羽入、羽入!!」

「……あなたの声が聞こえます…。今、探してます。カケラを手放さないで…。そのまま、もっと強く私に呼び掛けて……。」

「私はここよ!!　羽入!!　早く来てッ!!　羽入、羽入!!」

私はしばらくの間、狂ったように羽入の名を呼び続けた。

それは途切れる直前の糸電話にすがるかのよう。

…もし、途中で羽入の声が途切れてしまって、私が祭具殿の闇の中、ひとり取り残されたら…。それを想像することが何よりも怖かった。

だから、私は羽入の名を、言われる通り力強く、叫ぶように何度も何度も呼んだ。

その声を辿って、きっと羽入は私の姿を探しているのだ。

……どういう状況なのかわからないけれど、……どうも、私と羽入は、距離では測れないくらい、遠くに離れてしまっているらしかった。

そして、羽入が少しずつ私に近付いて来ているのが、水晶球の光が強まることでわかる。

初めの内は、ほのかに光っている程度に感じたそれは、今では弱々しい豆電球くらいの明かりになり、はっきりと光っていることを確認できた。

「………梨花、…どういうことですか…！　あなたのいる世界に入れない…！」

「…はぁ⁉　何を言ってんのよ、助けてほしいのは私よ！　何でもいいから早く来て！　私をこの世界から連れ出して‼」

「……梨花、よく聞いてください。あなたの世界が、なぜか僕を拒《こば》むのです。こんなことはありえないことなのです…！」

…超常的存在で、神さまでもある羽入に、異常事態に際して〝こんなことはありえない〟なんて弱気な声を出されるほど不安なことはない。

私は半狂乱になりながら、何とかしろ何とかしろと喚《わめ》き続けるしかなかった。

「で、でも、どうしようもないのです…。あぅあぅあぅあぅ!! こんなこと初めてです…。ありえないんです…!!」

「そんな情けないこと言ってないで、早く何とかしてよッ!! 何とかして!!」

「……だ、…駄目です、梨花…。あなたの世界が、僕を拒絶する力を放っているのです。それを何とかしないと、僕にはどうしようもないのです…!」

「訳わかんないこと言わないで! 神さまのあんたを拒む力って何よ、そんなのあるわけないでしょ⁉」

「そ、そうなのです。そんなのあるわけないのです…! でも、……カケラがこちら側にないから、……断面を合わせられない…。どうしてかわからないけど、カケラが今、梨花がいる世界に紛《まぎ》れ込んでしまっているのです…!」

「カケラ? 何の話? 私にもわかるように説明して! 私にできることなら何でもするわ!!」

私が錯乱しても始まらない。私は何とか羽入の言いたいことを理解し、その障害を取り除《のぞ》かねばならないことを理解した。

…状況はまったくわからないが、…どうも、私がどうにかしなければ、羽入は私の前に現れることもできないらしい。

「取り乱して悪かったわ。落ち着くからもう一度説明して。一体、どういうことなの!?」

「……梨花。どうしてかわかりませんが、…神の世界にあるべきカケラの一部が、今、梨花のいる世界に紛れ込んでいるようなのです。それは譬《たと》えるなら、開けるべき扉の中にその鍵が閉じ込められているかのよう。」

「カケラって何？」

「……梨花にとって、世界に見えるものは、より高い次元の世界ではカケラと呼ばれているのです。そのカケラを、ジグソーパズルのように組み合わせて世界を渡り歩いてきたのです。」

「なるほど、その譬えで何となく状況はわかったわ。……私が今いるこの世界というカケラ、…いえ、ジグソーパズルのピースは、噛み合う部分がどうにかなっていて、周りのピースと組み合ってくれないと、そう言いたいわけね。」

「そうです。その欠けた部分は必ずこちら側にあるのですが、なぜか、こちらではなく、そちら側にあるのです…！」

「神の世界にあるべきカケラが、なぜか人間の世界に零《こぼ》れ落ちていて欠陥を起こしている、ってこと…？」

「そんなところなのです。…あぅあぅあぅ…。」

「わかったわ。そのカケラをどうにかすればいいわけね。…あなたの指示に従うわ。そのカケラはどこにあるの？　それをどうすればいいの⁉」

「あ、…ぅ、……あぅあぅあぅあぅ…。」

「そ、そこはあぅあぅ言うところじゃないでしょう。どこにあるのよ、そのカケラとやらは。そしてどんな形をしているのよ！」

「あぅ、あぅ……。わ、……わからないのです…！」

「はぁ⁉　わからないものをどう探せってのよ‼」

「僕だってわかりません…。だって、ここからは梨花の声しか聞こえないのですから。今の僕には、その世界に干渉することが何もできないのです…！」

「…カケラってからには、こんな感じの水晶のキラキラ光る欠片《かけら》みたいな感じなの？」

「た、…多分、そうだと思いますが、……高次の世界にあるべきものが、人間の世界にもたらされた場合、どんな姿に変わるのか想像もつきませんです…。」

私の全身が脱力し、大きなため息が漏《も》れる…。

「………探し物の形もわからないとは……。…最悪ね…。で、仮にそれを見つけたらどうすればいいの？　神の世界に戻すって、どうやるの？」

「…あ、……あぅあぅあぅ……。」

「それすらもわかんないっての…？　……はは、……ははは……。」

「…………ごめんなさい…。こんなこと初めてなんで、…ぼ、…僕にもよくわからないのです……。」

ははは……ははは……。

私は悪態《あくたい》をつくように笑いながら、…いつしか零れる涙を抑えられなくなっていた。

こんな、訳のわからない世界に飛ばされて、…帰る方法が、訳わかんないなんて…。

今日の今日！　私は、仲間たちと仲良くプールで遊んで大はしゃぎだった。それは昭和五十八年六月の袋小路を、みんなで乗り越えてついに摑《つか》んだ、幸せな日々のひとかけら。

それが、帰り道でちょっとふざけただけで、……こんな世界へ飛ばされてしまうなんて…!!

「……それを愚痴《ぐち》ったら、…結局、道路でふざけてた私の不注意が悪いってことになるのよね…？」

「…………………ぁぅぁぅ…。」


自転車がバランスを崩して、私は投げ出され、……そこに車が飛び込んできた。

よくある交通事故。よくある子供の死。

…それが、私だったというだけの話。

百年以上もかけて摑み取った未来が、…それっぽっちのことで、粉々になってしまうなんて……。

どう嘆《なげ》いたって、…私の不注意としか言えない。

むしろ、咄嗟《とっさ》の事故を助けて、とりあえず私を生かしてくれた羽入に感謝しなくてはならないのだ。

……でも、こんな妙な世界に飛ばすなんて、あんまりにひどい…。

いや、羽入が望んで飛ばしたわけじゃない…。わかってる…、わかってる…。

「……梨花も覚えている通りなのです。…僕たちの力はどんどん痩《や》せ衰《おとろ》えていった。そして、その力の最後の挑戦で、勝利を勝ち取ったのです。……だから、この力はもう二度と使えないはずでした…。」

「その、使えないはずの力で、私を助けてくれたということ…?」

「……はい。もう、どうしようもありませんでしたのです。……梨花の体は自転車から投げ出され、…………サイコロの目次第では、車の上を転がって、怪我くらいで済んだかもしれません。…でも、……運悪く、…投げ出された梨花は、…車のタイヤの前に………。」

羽入の悲しみに彩られた言葉からは、…私が投げ出され、車に轢《ひ》かれて死んだ後までを見届けたように感じられた…。

「………みんなが、…あ、って絶句《ぜっく》して……。呆然として……。車は急ブレーキでガードレールにぶつかってすごい音がしましたが、誰の耳にも入りませんでした。……そして、……沙都子が、梨花の体に駆け寄るのですが、…………、あなたの、……面影《おもかげ》が、………ぁぅ、……………ぅ……。………顔が、………なくて……、…ぅうぅぅう!!」

「……車に潰《つぶ》されて、……頭がぺしゃんこだったってわけね……。ははは、…はは。……知恵がいつも言ってたっけ。…道路でふざけちゃいけませんって。………ははははははは。」

…もう後は、羽入が話してくれなくても想像がついた。

楽しかった一日が、…ふざけた私の不注意で、一瞬で掻《か》き消えてしまったのだ。

この百年で一番長かった、あの昭和五十八年六月十九日を共に潜《くぐ》り、数々の奇跡を共有してようやく辿り着いた平和な未来が、……一瞬で掻き消えたのだ。

見るも無惨な私の死体に、……まず最初に沙都子が駆け寄り、…それから、みんなが駆け寄って、………これが夢なら覚めてくれと懇願《こんがん》し、…絶望し、………泣き叫ぶ…。

その、胸が張り裂けるような悲しみに比べたら、…不注意を起こしたその当の本人が、居心地の悪い世界だから早く帰りたいとぼやく程度、取るにも足らないに違いない。

…………つまり、……結局のところ、全て自業自得なのか。

あれだけの長い年月をかけて潜り抜け、ようやく手にした未来を、不注意で失ってしまった私の自己責任。

……私には羽入がいてくれたのだから、恵まれていたと感謝するべきなのだ。

私でない人間が同じ目に遭ったなら、………何の言い訳もなく、ただ命を失っておしまいだったのだから。

一縷《いちる》とはいえ、元の世界に戻る望みが残されている分だけ、私は幸運に違いなかった。

「…………ありがと。」

「……ぁぅ…？」

「…馬鹿が不注意で事故死なんて、日本中にいくらでも溢《あふ》れてる。……私もその内のひとりだった。だから四の五の言わずに死ねばいいものを、……こうしてあなたのお陰で、妙なことにはなりつつも、生き残っている。……そして、とてもとても難しいことには違いないけど、…元の世界に戻る方法が、ゼロなわけじゃない。」

「……ぁぅ。」

「おさらいするわね。……私を元の世界に連れ戻すには、羽入がここにやって来なくてはならない。……そうね？」

「はい。もちろんです。僕も早く、梨花と一緒に元の世界に戻りたいのです…。」

「…当然よ。百年を超える日々を経て勝ち取ったあの世界へ、戻るのよ。…そのために、私はさらに百年の年月を経てもいい。……負けるもんか。…挫《くじ》けるもんか…。……ほんのちょっと、…道路でふざけただけで、……もう百年の懲役《ちょうえき》を追加されても、……泣くもんか………、……ぅぅ…。」

「……梨花……。…元の世界でも、……みんなが祈《いの》ってます。自分の命を捧げても、時間を巻き戻して、事故をなかったことにしてほしいって、…みんなが祈ってます…。……その祈りがあったから、……僕はきっと、梨花を見つけることができたのですよ……。」

埃の臭いしかしないはずの祭具殿で、……なぜか焼香《しょうこう》の臭いを嗅いだような気がした。

……見えないんだけど、聞こえないんだけど、……なぜかわかる。

私のお葬式《そうしき》があって、………仲間たちが、私の棺《ひつぎ》に、悲痛な叫びを聞かせているのが、

……わかる気がする…。

その叫びがあまりに悲しくて、…悲しくて痛々しくて張り裂けそうで…。

私は理解する。……私の不注意が、私の人生だけでなく、…みんなの幸せまで打ち砕いたのだ……。

「……帰る…、……帰るわ、…私は絶対に元の世界に帰るわ……。…ぅうぅ、それがどんなにか細い道でも、……絶対、……絶対に帰る……！　ううぅうう!!」

悲しみと決意と、塩辛さの混じった涙がぼろぼろと零れ落ちる…。

「…梨花、……その世界に閉じ込められたことだって、あの昭和五十八年の袋小路と同じ。…一見、どうしようもない運命に見えて、…絶対ではないのです。」

「わかってるわ…。圭一に教えられた。そして鷹野にまで教えられたわよね…。」

運命なんて、金魚すくいの網《あみ》より薄いって。

そして、強い思いは未来を強固にするとも。

「そうです、梨花、その意気なのです…。確かに切っ掛けは梨花の不注意だったかもしれませんです。でも、梨花にはそれを償《つぐな》い、なかったことにできる機会が与えられた。…そ

れは、とてもとても幸運なことなのです。」

「わかってる。普通の人間なら来世でやり直しってところを、私だけが最後のチャンスをもらえてる。………その意味、…理解できてるわ…。」

「……梨花。…何とかして、僕を拒むカケラを探し出してほしいのです。僕も、こちら側の世界から、何かわからないか探してみます。」

「ノーヒントってのが応《こた》えるわね…。…あと、この世界に羽入がいない以上、この世界で私が死んだら、ジ・エンドってことなんでしょ…?」

「……はい。今のその世界には僕の力は及びませんのです…。だからどうか梨花、くれぐれも注意して…!」

「わかってる。………二度と道路でふざけたりしないわ。」

「ヒントは確かにありませんが……、でも、僕はこの村の神さまで、この村だけを見守ってきました。…その僕に干渉する力なのですから、…恐らく、その力も、村の中にあるものだと思いますです。」

「……この村のどこか、か…。あなたに関わるものだとしたら、正直なところ、この祭具殿の中に収められていると思うんだけど…。」

「梨花、祭具殿の中に、いつもの世界にはない何かが収められてはいませんか?」

「………どうかしら。すぐにはわからないわ。その何かが、目立つ物って保証もないんでしょう？」

「……僕に干渉するくらいなのですから、……多分、神の世界に限りなく近い場所に踏み入ったことのある梨花なら、その気配を感じ取れるかもしれませんのです。」

「また難儀な話ね…。少なくとも、この祭壇にある物は、この水晶球も含めて、何も変わりないと思うわ。………しかし、不思議な水晶球ね。ただのビー玉のくせに、ずいぶん偉そうなところに陳列してあると日頃から思ってたけど。」

「梨花が今、手にしているのは古手神社の至宝、カムノミコトノリと呼ばれるもの。………かつて僕がオヤシロさまとして、古手神社に奇跡を示した時、その印として残したものです。……長い時間の中で、込められた力のほとんどは薄れてしまいましたが、幸運にも、こうして梨花に及ぶ唯一の僕の力となりましたのです。………もっと力が残っていれば、…あるいはこんな力に屈《くっ》せず、その世界へ迎えに行けたかもしれないのに……。」

「……ということは、…この水晶球であなたと話をするのも、限られた時間だけということなのね。」

「はい。……梨花には僕の声が聞こえていますか？　僕の方には、どんどん梨花の声が小さく萎《しぼ》んでいくように聞こえますのです…。」

「なるほど、電池の切れ掛かったトランシーバーってわけね…。わかった、無駄な連絡は慎《つつし》むようにするわ。……それなら、もうしばらくは話ができるんでしょ？」

「……多分。」

「十分よ。私はこれから、祭具殿の中を漁《あさ》るわ。この水晶球と同じサイズだとしたら、どこに紛れ込んでてもおかしくない。……それに、祭具殿の中とは限らないんでしょ。根気《こんき》のいる作業になるわね…。」

「……梨花、…どうか頑張って……。僕はここにいて、応援することしかできない。……そして、…その応援の言葉すら、もう限られてしまっている……。」

「大丈夫よ。絶対にこちらの世界の扉を開いてあなたを招《まね》き入れるわ。あなたと一緒に、あの楽しかった世界へ、戻ることを約束するわ。だから、あなたも頑張って。何かヒントになりそうなことがわかったら教えて。」

「……はい。」

「じゃあ、もうこれくらいにしましょ。交信を終わるわ。………またね、羽入。」

「あぅあぅあぅ…。」

「……約束する。元の世界へ帰れたら、冷蔵庫をシュークリームで埋め尽くしてあげるわ。」

「あぅ。……その約束、…楽しみに……って、…ますので……。」

羽入の声は、砂に染み入る水のように、…すーっと消えていく…。

でも、それは羽入の存在が消えてしまったわけではない。

…譬えるなら、羽入と話していた公衆電話の十円玉が切れたみたいなものだ。

互いがいる世界は異なるが、……私たちは協力してこの世界を脱出し、元の世界へ帰ろうとしている。

……思えば、私の人生には、いつも羽入という味方がいた。

その当たり前な味方が、いない世界。

…それは、自らの命を不注意程度で粗末《そまつ》にした私には、相応《ふさわ》しい罰《ばつ》かもしれない。

元の世界へ戻るために、…延々と石を積み続けよう。

……そう、ここは賽《さい》の河原。

元の世界で命を落とした私から見れば、彼岸《ひがん》。

帰る、……絶対に私は…帰る……。

その時、突然、祭具殿内が明るくなった。

天井に吊るされている裸《はだか》電球のスイッチを誰かが入れたのだ。

そして、ガチャリと重い音がして、扉が開いた。

そこには父の姿があった。その表情は鬼のよう。

…あぁ、そうか、禁断の祭具殿に私が踏み入っているからか。

……祭具殿に入る資格は、私が古手家当主を引き継いで初めて得た。だからつまり、両親がいる世界では認められていない。

「梨花ッ!! どこから入ったんだッ!! 祭具殿には入ってはならんとあれほど言っただろ

うッ!!」

父がすごい形相《ぎょうそう》で怒鳴る。

父親が怖い顔をしたら、子は震え上がらなければならないという、遺伝子《いでんし》レベルの刷《す》り込みによって、私は反射的に竦《すく》み上がった。

首根っこを引っ摑まれ、私は外へ連れ出される。

そして、だいぶ長いこと忘れていた折檻《せっかん》を受けるはめになるのだった。

…あぁ、親の存在が邪魔臭い…。

昭和五十六年を、この世界では運良く潜り抜けられたと思ったら、私が元の世界へ帰るのを邪魔までするなんて…!

祭具殿の中で、羽入の名をあれだけ大声で呼んでいたから、気配を悟られてしまったのだろう。

…明日から本格的に祭具殿の中を調べるが、二度と父に見つからないよう、細心の注意を払う必要があるだろう。

…深夜、さんざん叩かれてお尻が腫《は》れ上がり、仰向《あおむ》けに眠れない布団の上で、……私は枕を噛みながら、もう一度だけ泣き、………自分の為《な》すべき事にもう一度思いを馳せるのだった……。

自分の部屋なのに。

自分の布団なのに。

…ここは私が寝るべきところじゃない。

私が本当に帰るべき布団は、…倉庫小屋の二階を改造した狭い家で、……沙都子と私の布団が並んでいるところ。

でもこの世界ではきっと、あそこは未だに青年団の会議所のままなのだ。

…だから、そこに私の布団があったりはしない。

なら、……私はこの世界の、どこの布団で眠ればいいの………。

せっかく勝ち取った未来を、下らない不注意で台無しにしたことへの、…報《むく》い。

羽入を呼び寄せるために、それを邪魔している何かを見つけなければならない。

それには相当の労力を要するだろう。

そのためにも、今は英気《えいき》を養って休息を取るべきで、涙を流すなど時間と体力の無駄でしかないはず。

……わかっていても、……私は寝付くまで、枕を涙で濡らし続けるのだった………。

一人の教室

朝、目覚めたら沙都子がいてくれるのに期待した。

この訳のわからない世界が、実は寝ぼけた私の夢であることを期待していた。

だから、見慣れた天井でなく、古手本家の天井で、…がっかりする。

寝起きのぼんやりした頭に、私が今置かれている状況が蘇ってくる…。

私は、自らの不注意で、この妙な世界に迷い込んでしまった。

羽入の力が及ばないため、この世界から抜け出すのは非常に困難だ。

…それはまるで、蜘蛛《くも》の糸を伝って極楽《ごくらく》を目指すようなもの。

でも、蜘蛛の糸は垂れている。

どんなにか細くとも、…まだチャンスはあるわけで。

羽入を拒む、何かを見つけ出すこと。

…しかも、それがどんな形をしているのかもわからないときている。

せいぜいヒントがあるとすれば、羽入は雛見沢の神さまなのだから、雛見沢のどこかにあるだろう、という程度。

私は祭具殿から持ち出した、あの水晶球を取り出す。

……水晶球には、自然光とは違う何か弱々しい光が宿《やど》っていた。

それを額《ひたい》に当てると、……魔女である私にだけ察知できる、うっすらとした気配を感じることができた。

おそらく、私が探さなければならない何かも、これと同じ気配を持っているに違いない。

でも、それも多分、この水晶球と同じで、額に当ててようやくほのかに感じられる程度のものなのだろう。

……適当にうろつけば気配を感知できるほど、甘くはないらしい。

ただ、この水晶球がそうであるように、羽入の力と関係あるような代物《しろもの》なら恐らくは祭具殿にあるに違いない。

ただ、祭具殿の中は大昔の拷問《ごうもん》道具から、古文書《こもんじょ》の山、用途《ようと》もわからないようなガラクタの山などがごっちゃりだ。

かろうじて片付いているのは御神体の周りと祭壇くらい。

その中から、……下手をしたら、この水晶球と同サイズの小さな何かを探し出すのは生《なま》半可《はんか》なことではない。

「梨花！　早く食事を済ませて学校に行きなさい！」

台所から母の声が聞こえる。

……この世界の学校は、私の通う学校ではない。

そんなとこへ通う時間があったら、私は祭具殿の中を漁るべきだと思った。

ただ、私の探し物が一日二日で見つかる保証はない。

……とても嫌な話だが、……私はこの、探し物の形すらわからない探索に、……数年をかける覚悟さえ必要になるかもしれない。

学校を休めば、律儀《りちぎ》な知恵のこと、今日は休みかと自宅に電話をするに違いない。

…そうなれば、学校とか両親とかが色々面倒になる。どれだけ時間がかかるか想像もつかないのだ。

両親に不審感を持たれると、色々とやりにくくなる。……急がば回れ、ということなのか。

…悔《くや》しいが、平日は大人しく学校へ通うふりをした方がいいだろう。

私は気だるくため息を吐《つ》くと、起き上がり、朝食を済ませることにした。

食事の間中、母は私に、二度と祭具殿に入ろうとしてはいけない云々《うんぬん》と言い続け、食事の味を落とし続けるのだった。

…母はしつこく、くどい。この性分《しょうぶん》が大嫌いだった。

村の老人はそれを、一人娘が可愛くて可愛くて仕方ないから、そうするんだろうと笑ったが、私には迷惑なだけだった。

愛情の裏返しなんて大きなお世話だ。

私に感謝できるのは、自分が準備せずに食事が用意されたことくらいか。

………いっそのこと、食事は自分でどうにかするから、私に構わないでもらいたいくらいだ。

食事をする私の背中にも母は、遅刻するなと口やかましく言葉を浴びせるのだった。

あぁ、鬱陶しい…。

母の顔を半日見ないで済むなら、学校に通うのも悪くないか。

私はご馳走《ちそう》様を告げ、食器を流しの洗い桶《おけ》に沈めると、とっとと登校するのだった。


ここまで気持ち悪く、色々と私の期待を裏切るなら、学校の授業も裏切ってくれればいいのに。

…こんな世界でも、授業の進行は私の知る世界とまったく同じだった。

一度は抜けたと思った世界を、また繰り返す。…そう思うからこそ余計、気だるい。

普段なら、隣の沙都子をからかって退屈を紛らわすのだが、私の席は沙都子の席から遠く離れていた。

沙都子もまた、授業が退屈で仕方がないのだろう。

隣の席で真面目に勉強する悟史にちょっかいを出してばかりいた。

魅音もまた、礼奈にちょっかいを出しているようだった。

でも、それはふざけ合うというよりは、教え合うという感じで、違和感はあるものの微笑ましい光景だった。

いや、微笑ましいのは彼女らだけでなく、教室のみんなもだった。

私だけが、それに取り残されている感じだった。

生徒数の半端《はんぱ》の都合で、私の席だけが後ろにはみ出ているのか、…それとも、この世界の自分が意図的にこの席を選んだのかはわからないが、……自分の席だけが、教室から切り離されている感じだった。

その疎外感《そがいかん》は、お弁当の時間になって、一層はっきりと感じられた。

クラスメートたちは、それぞれにお気に入りの友人たちと一緒になって弁当を広げる。

かつて、私といつも一緒に食事をしてくれた部活メンバーは、ここには存在しない。

……沙都子は、何人かの友人たちに兄を加えて円陣を組む。

そこには、私が割り込めるような隙《すき》はなかった。

魅音は礼奈と一緒に向かい合って食事を取っていた。…そこにも、私が入り込める隙はない。

そして、誰も私に、一緒にお弁当を食べようと声をかけない。

それが日常の当たり前な光景なのだと言わんばかりの自然さで、楽しそうに食事をしていた。

私は、沙都子や魅音や礼奈が誘ってくれるのに期待して、しばらくの間、じっと待っていたが、……時計の針が五分、十分と進み、お弁当を食べるのさえ取り残されかねないと知って、…ようやくそれを諦めお弁当箱を開けるのだった。

中身は、昨夜の焦《こ》げたハンバーグの残りと、べたべたになった海苔《のり》ご飯。べちゃべちゃになった海苔で巻いたほうれん草。あと、これまた焦げたきんぴらごぼうの残骸《ざんがい》。

…そう言えばそうだっけ。うちの母は、どういうわけかやたらと加熱する。ちゃんと火を通さないと夏場は危ない、が口癖で、ハンバーグがカチンカチンになるくらい焦がすし、焼き魚だっていっつも半分は炭になってる。

火の加減だけだったら沙都子の方がまだマシだ。

……あぁ、だから私が羽入に料理を習って、それで母よりもおいしく作れてしまったのが、母には不愉快《ふゆかい》だったに違いない。

味も最低。彩りもなってない。

………もしこのお弁当で魅音が弁当対決なんて言い出したら、ビリは免《まぬが》れないだろう。

でも、…この世界には部活がないから、その心配をする必要はない…。

沙都子が幸福そうに笑う声が、私に向けられたものでなくて、……悲しかった。

…その時、ふと沙都子と目が合う。

心が、通じた…？

沙都子は、すっくと立ち上がると険《けわ》しい目つきで言った。

「…さっきからジロジロと何見てんのよ。何か文句あんなら直接言ったらー？」

「も、……文句なんかないです。」

「やめなよ沙都子。たまたま目が合っただけじゃないか。」

悟史が沙都子をなだめるが、それがますますに彼女を興奮させる。

「たまたまじゃないもん！　ずーっとジロジロ見てんの！　気持ち悪いったらありゃしない！」

沙都子とその友人たちが、私の方を見ながらボソボソと何かを囁《ささや》きあっている。

中身は聞こえないが、聞こえなくて幸いな内容であることは容易に想像できた…。

「……ごめんなさいです。ジロジロ見ないです。」

「そうしてよね！　せっかくのクリームコロッケの味が落ちちゃうもん！」

「…………。」

私は少し机を傾《かたむ》けて、沙都子たちが見えないように向きを変えた。

…私はこの世界の沙都子のことを初め、冷たいと言ったが、どうやらそれも見当違いらしい。

この世界の沙都子は、私のことを好きでない、…あるいは、そもそも嫌いなようだった。

そして、私に歳が近い子たちは、皆、沙都子を中心にコミュニティを作っているようで、……そこに私の居場所はなく、…みんなに嫌われているようだった。

……炭のように硬くなったハンバーグがしょっぱい…。

何で、……私はこんな寂しくて悲しい食事をしているの…。

いつもの世界だったら、…私は部活メンバーのみんなと楽しくお弁当を食べている。

沙都子がいて、レナがいて魅音がいて圭一がいて、…みんなで楽しく楽しく、…食べること以上に楽しみながら、お昼をわいわい過ごすのに…。

その時、礼奈がやって来て、私のお弁当箱を覗《のぞ》き込んだ。

「梨花ちゃんのお弁当は、ハンバーグとほうれん草なんだね。おいしそう。」

「……………………。」

礼奈がやって来たのは、傷心の私を慰《なぐさ》めるためであることが見え見えで、……意味もなく悔しくて、返事をしたくない。

すると、私の眼前に、タコさんウィンナーがにゅっと突き出された。

「そのほうれん草の海苔巻きとタコさん、交換しよ。ね！」

「……………。」

クラスメートに嫌われ、ひとり寂しく食事をしている私に、善意で構おうとしている礼奈が、…どうしても受け入れられない。

私は、お手洗いに行くと一方的に告げてその場を立ち去ると、…トイレの個室の中で、トイレットペーパーで顔を覆いながら泣いた。

…それは涙に溶けてぐちゃぐちゃになったけど、構わなかった…。

……いいんだ。この世界には友達がいなくたっていいんだ。

私が帰るべき世界には、私の友達が大勢いる。

そこでは沙都子だって無二の大親友で、…お昼に私を放っておかない部活メンバーたちが待っているのだ。

…だからこの知らない世界の、知らない沙都子に冷たくされたって、悲しくなんかない。

でも、…私はしばらくの間、自分にどう嘘をついても、涙を止めることができずにいた……。

悲しくなんかない…。

……私は心を凍らせて、放課後を待つことにする。

そして、家に飛んで帰り、遊びに行くと言ってから祭具殿に忍び込もう。

…それしか元の世界に戻る方法はないのだ。それだけを目的に、頑張ろう。

…………よし。

トイレの鏡を覗き込むと、泣き腫らした顔が映る。

…こんな顔、知恵に見られたらまた話がややこしくなりそうだ。

私は顔を洗うと、昼休みが終わるまで教室の隅《すみ》でひっそり過ごすのだった。

放課後、私は駆け出すように教室を飛び出す。

一秒でも早く遊びに行こうとするクラスメートたちに混じってしまい、非常に邪魔臭かった。

悟史がそんな私を呼んだようだったが無視した。

……どうせ、沙都子絡みでさっきのお昼のことを妹の代わりに謝ろうというのだろう。

そんなのに興味はない。

こんな気持ち悪い世界に一秒たりともいたくないのだ。

私は全力で家に飛んで帰ると、相変わらず宿題はあったのかと問う母を無視して懐中電灯《かいちゅうでんとう》を探す。

そして遊びに行って来ると一方的に告げて、家を飛び出すのだった。

それから境内《けいだい》を回り、父を探した。

集会所に、神社部会合と書かれた札が掛けられているのが見えた。…集会所の中の談笑に、父の声も混じっている。

……昨日同様にチャンスだった。

今日は中にいることを気取《けど》られないよう、気をつけなくては。

誰にも見られていないことを確認してから、昨日、登って要領を覚えたあの木をするすると登る。

昨日はこの高所を怖いと思ったが、昼休みに思い切り泣いて覚悟が出来たせいか、もうその程度のことを怖いとは思わなかった。

…私が本当に恐れるべきなのは高所でも親でも冷たい沙都子でもない。……元の世界へ帰れなくなることなのだから。

次に恐れるのは、…羽入と連絡が取れなくなることかもしれない。

祭具殿の暗がりの中で、私はポケットの中から水晶球を取り出す。

……昨日より、弱々しい明かりが少し元気になっている気がした。

休めば、少しは力が戻るということなのかもしれない。

それでも、弱々しいことに違いはない。…無駄な会話に費《つい》やせば、ぷっつりと明かりが消えてしまうかもしれない。

私は、まだ通話が可能であることを確かめたいという欲求をぐっと抑え、懐中電灯をつける。……さぁ、宝探しを始めよう。

何か、私しか感じられない気配があったりはしないだろうか。……この水晶球と同じ気配が、…どこかに…。

それに期待して、目を閉じて五感を研《と》ぎ澄ます。

…だが、耳に入るのはセミの鳴き声だけ。やっぱり一筋縄《ひとすじなわ》には行かないようだった。

ない。

「……甘いか。…ふぅ………。」

この祭具殿の中を徹底的に探すには、どれだけの時間がかかるだろう。…想像もしたくない。

……でも、やらなければ、帰れない。

…計画的に行こう。隅から順に。

探し物の形もわからずに、隅から順に、水も漏らさぬように。

それでいて、この中に絶対あるという保証すらない。

………また、鷹野や山狗たちともう一度戦う方が気楽だと思った…。

――そして、短くない数日を経る。

進展は何もない。

祭具殿の中のガラクタと拷問道具の山を、毎日、検《あらた》めるだけ。

変化があるのは日捲《ひめく》りカレンダーの日付の数字と、ため息さえも隠せなくなった私の疲労だけだった。

そんな私にとって、羽入とのわずかの会話だけが、意識を繋《つな》ぎ止めてくれた…。

「……弱々しくなっているということはないと思いますです。前と同じくらいの大きさの声に聞こえますのです。」

「つまり、相変わらず弱々しくしか届かないということね。……こんな無駄《むだ》話は不要ね。」

「…いえ、今の梨花には無駄話も必要と思いますです。」

「…………かもね。ありがとう。……こちらから話すわね。…祭具殿を自分なりに散々漁ったつもり。……でも、さっぱりだわ。…一週間くらいは探してみたつもりだけど、何しろ探しているものの形がわからないんだもの。……仮に見つけていたとしても、私は気付かずに放置しているかもしれない。」

「……あぅあぅ。」

「正直、…辛いわ。……せめて、形だけでもわかれば。…あるいは祭具殿の中にあるという保証でもあれば。……ずっとここに閉じこもっていると、頭がどうにかなってしまいそうよ。」

「わかります。とても辛い探し物だと思いますです…。……僕も、せめてカケラの姿がわからないか、色々頑張ってますのです。」

「それで？　何かわかった？」

「……カケラは梨花の世界では〝想い〟と解釈《かいしゃく》されていますのです。その想いが、何かに宿る形でカケラとなっているのです。」

「理屈はわかるけど、…だからって何のヒントにもならないわね。」

「…あぅ。…それから、そのカケラをこちらの世界に戻す方法なのですが、……おそらく、そちらの世界での形を失えばよいのではないかと思いますです。」

「形を失うって何？　壊せってこと？」

「それも完全な形でなのです。人の世からなくなることで神の世に送ることができるのです。」

「……質量保存の法則って知ってる？　完全に物を消すなんて不可能よ。」

「いえ、ですから形を壊せばいいのです。わかりますか梨花。古来から、人が神に物を贈る方法の中で、それを満たす方法がありますのですよ。」

「…………そうか、わかったわ。」

古来から人が神に貢物《みつぎもの》を贈る方法。そして、人の世から形をなくす方法…。

「焼けってことね。焼いて灰にして天に贈る。」

「そうです。焼いて灰にすることで、形は失われて意味を失い、人の世から消え去りますのです。」

「……なるほど。カケラが宿る何かを焼いて灰にしろってのね。…その何かが、簡単に燃やせるものであることを祈るわ。岩だった日には、溶鉱炉《ようこうろ》にでも放り込まなきゃならなくなるわね…。」

「………実は、梨花…。そのカケラが宿るのが、物ではなく、…人である可能性もありますのです。」

「なるほど、カケラは〝想い〟なんだもんね。物に宿るばかりってわけじゃないかもね。

……でも羽入、仮に人だったらどうするの。まさか、焼いて灰にしろって言うんじゃないでしょうね。」

「……人の意味は、命の形が失われた時点で失われます。」

「そりゃそうよね。死体はもはや人じゃないわ。………ってことは、もしカケラが宿っているのが人だったら……。」

「…………………あぅぁぅ。」

……私の探し物は「物」だと信じてきたが、そうとすら限らないというのだ。

物を焼くことに抵抗はない。

…だがもし、…それが物でなく「者」だったなら…。

「…………嫌な話ね。……この世界、…どういうわけか、嫌な想像に限って当たるのよ。」

「……僕も、そうでないことを祈るしかないです。」

「嫌な想像は大抵当たる、を逆手《さかて》に取って、……先にそれを探るのも手ね。…仮に人だったら、やっぱりオヤシロさまに縁《えん》の近い人?」

「はい。恐らくは…。」

「……それが私自身、という可能性は?」

「いえ、ないです。梨花自身が僕を拒むカケラだったなら、こうして僕と話すこともできないはずなのです。」

「…となれば、……次は、古手神社神主の父か、…古手家の血を継ぐ母か。……もしそうだったら、ぶっ殺せばいいってわけね。」

「……あ…、あぅあぅあぅ…。」

人間としての道徳観《どうとくかん》が、親殺しを否定する。

……だが、その感覚は、世界を跨《また》ぐ魔女には必要ない。

本当の世界を別に持つ私にとって、ここは偽りの世界。…つまりは夢の中も同じ。

その中での殺人など、妄想《もうそう》や白昼《はくちゅう》夢《む》と何も変わらないのだ。

だから、この世界で犯す罪など、何も顧《かえり》みることはない…。

私は、あぅあぅと悲しそうな声を出す羽入に言ってやる。

「…善人ぶるのはやめて。……ならあんたは、元の世界へ帰るのは諦めてもいいって言うのね。」

「……あ、……あぅあぅあぅ……。」

「あんたは卑怯《ひきょう》よ。手を汚す決断を私にだけさせて、自分の手は汚さないってつもりよね。

……罪を誰かひとりに被《かぶ》せれば、他はみんな罪に塗《まみ》れずに済んで好都合？　私はちょうどいい人柱《ひとばしら》ってわけね。」

「…………………………………。」

その言葉は、羽入には少し厳しいものだったと思う。

羽入はしばらくの間、何も言い返せず沈黙していた。…それでも、何かを言いたくて、口籠《くちごも》る息遣いだけが聞こえた。

「……私は、…元の世界に帰りたい。……レナがどこかの世界で言ったわ。幸せになるにはどこまでの努力が許されるんだろうってね。私は、その努力に限界なんてないって思った。」

でも、その後に圭一が付け加える。

努力に限界なんてない。

…でも、その努力の方向性が正しいかどうか、大勢の人に相談し助言を求めるべきだと。

だから私は、現在の状況を唯一共有できる存在である羽入と相談している。

……その羽入が、カケラを持つ対象が人だったら殺せというのだ。

…他に方法があるなら、もちろんそれは避けたい。

でも、それしか方法がないと断言するなら、………私は躊躇《ちゅうちょ》しない。それだけだ。

「…………僕も、…元の世界に帰りたいのです…。」

「……そうね。私もよ。」

「カケラを持つのが、……人でないことを、…祈ってます。」

「祈ってて。…私も祈ってるわ。……あと、謝るわ。きついことを言い過ぎた。……あんたにできることは、ヒント探しと、私が挫折《ざせつ》しないよう士気《しき》を保つことくらいなのよね。…自らの手で鍵を探せないもどかしさを理解してなかったわ。」

「………梨花よりは辛くありませんのです。…せめて、…梨花の心が疲れてしまわないよう、僕にはこうしてお話をして労《ねぎ》らってあげることしかできませんのです…。」

「…ありがと。あんたとする与太《よた》話が、この世界では一番楽しいわ。悪夢がその間だけ覚めるような感じ。」

「………あぅあぅ…。」

…なるほど。羽入が言う、無駄話も必要の意味が少しわかる。

元の世界の存在で、羽入だけが唯一、私と会話できる。

その羽入との交信が途絶《とだ》えたら、…私は「元の世界」とのつながりさえ、記憶からあやふやになってしまうかもしれない。

つまりそれは、……ここは自分の住む世界ではないと錯乱する、心の壊れた哀れな少女が誕生するというだけの話。

「…私に任せなさい。必ずあんたと一緒にあの世界へ帰るわ。……だからあんたも引き続き、何かヒントを集めて。……私も何か進展があったら、またあんたに連絡するわ。」

「………わかりましたです。……梨花、しっかり。……ふぁいと、おーなのですよ。」

「……おー。」

羽入の声はもう聞こえない。

水晶球の明かりは、いよいよに弱々しい。

…でも、そこにこの世ならざる力の輝きが宿っている限り、…私はこの世界が自分の住まうべき世界でないことを信じていられる。

昔なら、ここで涙の一粒も零れたかもしれない。でも、もう流せる涙なら涸《か》れ果てた。

水晶球をぐっと握り締め、羽入がくれたエールを噛み締める。

………頑張る。…ふぁいと、おー…。

……私は古文書の山が積まれた一角に行く。

羽入に対して干渉する何かなのだから、それはオヤシロさま伝説と関係のある何かに違いない。

……つまり、この古文書の山の中に、何かのヒントが書かれているのではないかと考えていた。

探し物がここにあるのではなく、探し物のヒントがここにあるのではないか。

古文書の山の何冊かを手に取り、持ってきたナップザックに詰める。

読めるものもあるが、さっぱり理解できないものもある。

…その、理解できないものの中に重要なものが含まれていたならお手上げだ。でも、今はそれを考えない方がいい。

私は、読める古文書をほんの数冊引き抜き、学校や布団の中でこっそり読むことにする。祭具殿への出入りは、両親に見つかるリスクを累積《るいせき》させる。

…その意味では、今後はそのリスクも軽減できるだろうから、少しは気楽だった。

……親というのは、子の一番の理解者で、真っ先に助けてくれるべき存在なのだろうが、それは私のような魔女ではない、普通の存在の場合だ。

娘が、自分はこの世界の人間ではない、なんて言い出したら、普通ならふん縛《じば》って黄色い救急車を呼ぶところだろう。

…もう少し私が狡猾《こうかつ》なら、両親にも媚《こび》を売り、この世界の居心地を少しでもよくする努力をするべきだ。

でも、ここが私の住む世界でないと思えば思うほど、この世界の住人との接点を毛嫌いしてしまう。

そのせいか、クラスにおける私の存在は、ますますに孤立しているようだった。

…もっとも、それは私の責任ばかりとは言えないかもしれない。「私」が訪れた時点で、そういう世界だったのだから、私の責任にされたらたまらない。

もっとも、古手梨花と「私」を区別できる人間などひとりもいないだろうが。

…………私って、…誰？

古手梨花じゃない私って、…誰？

その時、小さい電子音が私を正気に戻す。

腕時計を見ると、もう夕方だった。

この中にいると時間がわからなくなる。

先日、門限を大きく破って、大いに叱《しか》られて以来の予防策だ。

…親との関係をこれ以上こじれさせると、ますますに面倒になる。…今日はこの辺が潮《しお》時《どき》だろう。

私は慣れた様子で鎖の束を登り、屋根の出入り口を目指すのだった。


すっかり聞き飽きたひぐらしの声に包まれながら本家に戻ると、玄関の前にビールをぎっしり詰め込んだケースが一つと、…ワインの瓶が三つ、置かれていた。

ビールのケースは、神社の集会所で行う飲み会か何かのためだろう。

…父はビールを好んでは飲まないので、集会所用だとすぐわかる。

それを集会所の冷蔵庫で予《あらかじ》め冷やしておくため、こうして飲み会前に届けるのだ。

そして、…ワインの方は父の個人用だろう。父は洋酒党で、特にワインを好むようだった。

…そのワインは同時に、私の好むものでもある。

かつて私はそれを、昭和五十六年以降の両親のいなくなった本家から持ち出すことで得ていたが、この世界では両親が健在なのでそれを出来ずにいた。

物欲しげに眺《なが》めながら玄関に入ろうとすると、ガチャリと施錠《せじょう》の手応え。

ポケットから鍵を取り出して開けると、入ってすぐのところに私宛への置手紙があった。

内容は母から私に宛てたもの。

公由家の方で急に不幸があったらしく、通夜《つや》の手伝いに出掛けるという。帰りは遅くなるので云々、という内容だった。

追伸に、酒屋さんからお酒が届くので、来たら玄関の内側へ運ばせてほしいと書いてある。

……なるほど、これがそうだということらしい。

私がいる時に来たなら、そこへ置いてくれと指図もできるのだが、…先に来られてこんなところに置かれたのではたまらない。

後で母に気が利かないとごちゃごちゃ言われるのも面倒臭い。

…私ははばかることなく嫌な顔をしながら、ビールケースを引き摺《ず》って玄関の内側へ運び込む。

……それから、ワインの瓶を前に、…思考を固まらせる。

伝票に何か手違いがあったことにしてもいいのではないか…。

……狭い村の酒屋のことだ。父が、注文のワインが一本足りないと電話すれば、大して疑問にも思わずもう一本を持ってきてくれるだろう。…だから、今この場から一本が消えたって、………。

ワインが一瓶あれば、薄めて飲む私には十分短くない期間を楽しむことができる。

私は玄関の中にもかかわらず、今さらのように改めて周りを窺《うかが》うと、その一本を抱えて自分の部屋に駆け込み、押入れの中の、当分使わない冬物の布団の間にねじ込んだ。

いや、…両親と同居している家なのだから、飲める機会だってそうあるわけじゃない…。

私は台所へ駆けて行き、グラスと氷、コルク抜き…あと紙パックのオレンジジュースを引っ掴み、自分の部屋へ飛び込む。

……コルク抜きをワイン瓶に当てると、もう私は懐かしいあの味で舌を浸《ひた》さなければ、一分一秒と耐えられない体になっていた。

こんな世界、好きなワインにでも浸ってなかったらやってられるものか。

ワインをグラスに垂らし、オレンジジュースが満たされていくタポタポという音を聞いているだけで、私は涎《よだれ》を垂らす犬も同然。

…これだけ薄めてしまえば、外見は何もオレンジジュースとは変わらない。

でも、………懐かしい、あの世界の味だった。

かつてこの味は、抜け出られぬ昭和五十八年に屈する負け犬の涙の味だった。

…でも、今はそんな負け犬の涙だって甘く慈しみを持って感じられる…。

あの袋小路の世界も、とても辛いものではあった。

でも、それでも、……私をやさしく包んでくれる仲間たちがいた。

鷹野に屈し、怠惰《たいだ》に無限回廊《かいろう》を生きることを選んでもいいだけの包容力があった。

…でも、この世界にはその温《あたた》かみすらもない。

……こちらの世界に来てから、これで一週間が経った。

未だ元の世界に戻れる目処《めど》は立たず、短くない滞在になるだろうと決めた覚悟は、早くもワインに頼らなければ保てない状態にまで追い詰められている。

大丈夫…。あの世界だって、同じ程度には追い詰められてた。…それで、ワイン漬けになりながら、のらりくらりと頑張って、どうにかなったんじゃないか。

…早く、この古手梨花から解放されたい。

この世界の誰にそれを説明しても理解できないだろう。だからこの世界に私の味方は存在しない。

誰が聞いたって、…私の頭がおかしくなったと思うだろう。

でも、それはこの世界の古手梨花を考えれば、無理もないことだと思う。

…この世界の古手梨花は、友達がひとりもいない根暗《ねくら》な少女だった。

それがある日、校庭でボールをぶつけられたのを境に、自分をこの世界の住人ではないと言い出すのだ。

……あの大男の医師、山本辺りの耳にでも入ったら、ボールがぶつかった時、脳に障害が…なんて大真面目《まじめ》に言い出しかねない。

でも、…この世界ではそれで一番説明がつくのかもしれない。

少なくとも、「私」が訪れるまでは、古手梨花は古手梨花で、この世界では正しい存在だったのだから。

ある日、「私」というこの世界の梨花とは異なる存在が現れて、梨花の体を乗っ取ってしまったといっても相応しいかもしれない。

…………そうか。…私は、……古手梨花じゃ、……ないのか。

そりゃそうだ。この世界の古手梨花はこの世界の古手梨花なのであって、私とは異なる存在だ。それを私は今まで、異なる世界ではあっても自分は自分と、勝手に解釈してきただけに過ぎない。

…そう考えると、…日々を幸せに過ごしてきたかどうかは別にして、……この世界の古手梨花には悪いことをしてしまったように思う。

もっとも、今さら謝っても遅いし、もうこの体を古手梨花に返してやることもできない。

……せめて詫《わ》びる方法があるとすれば、この世界の古手梨花という単一の存在を認めてやることくらいしかない。

私が古手梨花を名乗ったなら、確かに存在していたはずの彼女が、この世から消えてしまうのだから…。

だからつまり、そんな彼女に唯一詫びる方法は、……私が古手梨花と、名乗らないこと。

…いや、そんな気はずっと前からしてた。

オヤシロさまの生まれ変わりとしてちやほやされる幼い自分と、数多の世界を旅して悟りきってきた老いた自分に、異なる人格を感じていた。

でもそれは人格ではなく、存在自体が別のものだったと考えられたなら。

私は確かにもはや、古手梨花では、…ない。

私は、………誰だろう。

ぼんやりと見た、ワインの瓶。

この銘柄《めいがら》が好きなのだろうか。父はこのワインをいつも愛飲していた。

…その結果、数多の世界で拝借することになり、私もこのワインを愛飲していた。

今や、アルコールの力を借りて心を休ませなければ、日々を怠惰に過ごすことさえできない私を、少しだけ慰めてくれるそのワイン。

……ワインがなければ、もはや生きていけない私。

じゃあつまり、私が生きてるんじゃなくて、ワインが私なんだな…。

じゃあつまり、私は古手梨花じゃなくて、…ワインが私なんだね…。

…ワインのラベルに書かれている、何と発音していいのかわからないその横文字の銘柄を見ながら、……それが「私」の名前だと、そう思った。

私の名前は、古手梨花、……あぁ、じゃなくて…、Bernkastel。…読めないや。今度、父に読み方を聞いてみよう。

フルデリカ・Bernkastel。…あぁもう何だかどうでもいい名前。あははは。

……思考の呂律《ろれつ》が回らなくなっていく。

この糞ったれな世界に、……乾杯。

「……いっつもボクのご飯を作ってくれてありがとうなのですよ。にぱ～☆」

「ど…、どうしたの、急に。母の日はとっくに過ぎてるわよ。」

母を労らって肩を叩きながら、私はその頭を撫《な》でた。

もちろんそれは表向きだ。………羽入と同じ力が宿っているなら、こうして触《ふ》れれば、微弱であっても感じられる。

……もし母からその力が感じられたなら、…私はその場で母を殺せるだろうか。

殺すことに躊躇はないが、…今この場で殺すことに躊躇がないとは言い切れなかった。

だから、……母にその力が宿っていてほしくないと思ったし、…同時に、母にその力がなかったら、次は何を疑えばいいのかわからないという不安感もあった。

くすぐったそうに笑う母の思惑とは別に、私は殺すべき人物かどうかを念入りに確かめる。

「ありがとう、気持ちは十分伝わったからもう許して。くすぐったくて辛いわ。」

まんざらでもないように笑いながら、母はもういいと言った。

………これだけ丹念《たんねん》に触れても、力の気配も感じることはできなかった。

母は、カケラを持つ存在ではない。

父の頭はもう撫でている。……父でもなかった。

オヤシロさま伝説にもっとも縁近い二人でなかった以上、人にカケラが宿っている可能性は低そうだった。

……人を殺《あや》めずに済むことはうれしいことだが、ひとつの手がかりが失われる。

…確率は低いだろうが、両親以外の村人の頭も、機会ある毎《ごと》に撫でて確かめた方がいいだろう。

それと並行して、…あの祭具殿の古文書の山の解読を進めていかなければならない。

あの膨大《ぼうだい》な山を全て読破する労力と、人をひとり殺す罪を比べたら、どちらを選ぶべきか、私は短くない時間を必要とするに違いなかった…。


この世界へ流れ着き、何度目かになる朝を迎える。

その朝は、…悔しいくらいに私の知る元の世界と同じだった。

次の日曜日は綿流しのお祭りだという。…これほどどうでもいいと思った綿流しは初めてだった。

来年に完全立ち退きを迎える雛見沢にとって、これが最後の綿流しとなるわけだ。

最後の締めとなるよう、厳《おごそ》かな祭典が準備されているらしかった。

普段の世界だったら、古手家最後の生き残りとして奉納演舞《ほうのうえんぶ》を捧げなければならない責《せき》務《む》もこの世界にはない。

ただ、さすがに遊んでればいいというものではないらしい。

炊き出しを手伝ったり、電話番をさせられたり、子供は子供なりに手伝わされるらしい。

もうひとりでの登校もすっかり慣れた。

沙都子と一緒の登校は、駆けたり転んだり、朝からとてもにぎやかなものだった。

…でも、もうそれもずいぶん遠い過去の風景のように思える。

すでに日数が経っていて、心の整理がついていたこともあり、もう私は、その程度の思い出に涙することはなくなっていた。

……全ては元の世界に帰るため。…煩わしさに悪態をつくことはあっても、涙することは二度とない。


だから、校門前で沙都子に会って、私が挨拶《あいさつ》したにもかかわらず露骨《ろこつ》に無視されても、もう悲しくはなかった。

本当の沙都子は、私の無二の親友なのだから。

……だから、偽者の沙都子に無視されたって、ちっとも心は傷つかないのだから…。

魅音は沙都子のように露骨に冷たくはなかったが、私のことを、大勢のクラスメートの内のひとり以上には思っていないようだった。

礼奈はむしろ私に接しようとしてくれるようだった。

…でも、それは私が孤立していることを前提にした、ある種の憐れみからの接触であり、それを受け入れることはむしろ悲しいように思えた。

…だから私は礼奈の余計なお節介《せっかい》を邪険《じゃけん》にするようになっていた。

…そんなことをほんの何度か繰り返す内に、礼奈も私が望んでいないことを察し、私に構わなくなった。

独りぼっちは、今や寂しいことではない。

この偽りの世界では私が異邦人《いほうじん》として孤立しているのは当然のことで、むしろ煩わしい付き合いが不要な分、気楽なくらいだった。

……そう。気楽。

そう感じるようになれば、休み時間に誰も話しかけてくれなくても、お弁当に誘ってくれなくても、そして放課後の遊びの誘いをくれなくても、…全然平気だった。

これしか生徒のいない教室なので、授業と関係ない本を出せば、すぐに知恵に没収されてしまう。…授業中に古文書を読むのは無理なようだった。

だから私は、チラシを裏返しにして折って作ったカバーで包み、単行本でも読んでいる風を装《よそお》いながら休み時間に読み進めていくしかなかった。

漫画の持込は禁止されているが、小説であれば授業中に読まない限りお目こぼしというのが暗黙の了解。

…やかましい喧騒《けんそう》さえ無視できるなら、昼休みはもっとも集中できる時間だった。

……数多の世界のどこかで、繰り返される日々に飽きて古文書を読み漁った時期がある。

そのお陰で、内容は概《おおむ》ね理解していた。

古文書のどこかに、この世界に羽入を拒むカケラの存在を教えてくれるヒントがあればいいのだけど…。


…今日は途中から雨が降り出した。

だからクラスメートたちは校庭へ出られず教室の中で、もてあます体力を発散している。

そのせいで大変にぎやかでうるさく、私にとっては居心地の悪い日だった。

「なぁに根暗な顔して読んでんのーッ!!」

その言葉と同時に、古文書が奪い取られる。そして、嫌らしそうに笑う沙都子の顔があった。

「何これ、わけわかんない。」

沙都子は汚いものでも見るかのような目つきで、私から奪った古文書を見て言った。

そりゃ、浅学《せんがく》な沙都子如《ごと》きにはわかるわけもない。

昔、父に古文の読み方を習った私だって、何度も反復しながらでなければ理解が難しいのだから。

もっとも、沙都子にとっては、その内容がどうこうではなく、汚らしい紙に汚らしそうな文字で書いてあって、どことなく不衛生《ふえいせい》そうな雰囲気であることの方が面白かったらしい。

だが、沙都子にとって汚い本でしかなくても、私にとっては元の世界へ帰るためのヒントが載っているかもしれないものだ。

私が奪い返そうとすると、それはとっくに見越していたようで、沙都子はそれを別の友人のところへ放る。

「何これ!? うっわ、きったなぁい!!」

受け取った子がそれをまた別の子のところへ放る。

受け取った子は、まるで穢《けが》れを押し付けられたように嫌な顔をすると、ふざけた笑いを浮かべながら他の子に放った。

「ほいよ、パスパス!」

「あっははははは! 鬼さん、こ〜ちら〜! 魅音さん、パスパス!」

何人かのクラスメートが、私が追いかける度に他の子へ投げて渡し、私をからかう。

その輪《わ》にはいつの間にか魅音も加わっていて、クラス全体でのいじめみたいになっていた。

……こういうことは、何も今日のこれが初めてじゃない。

いや、ひょっとすると、「私」が訪れる前からずっとそうだった。

この十人くらいしかいない教室の中にも、秩序《ちつじょ》があり、グループがあった。

そのどれにも属《ぞく》さず、また属そうとしない私は言わば教室内弱者であり、いじめてもいい存在だったに違いない。

礼奈だけは、みんなにやめようと言ってくれるが、誰も聞こうとはしない。

何でもふざけたがるクラスメートたちにとって私は、教室内にある唯一のおもちゃだったに違いないのだから、それを昼休みに遊んで何が悪い、とでも言いたいのだろう。

…しかし、ここ数日のところ、微笑ましいの領域をとっくに超え、腹立たしい領域にまで至っていた。

この世界の沙都子は、明らかに私に対し悪意を持って接している。

…今にして思うと、私がこの世界にやってくる切っ掛けとなった校庭でのボールの事故も、校庭でたたずむ梨花をおちょくってやろうと思って、狙ってぶつけたに違いない。

……沙都子は、人の痛みがわからないような人だったろうか。

誰よりも辛い目に遭ってきたからこそ、憎まれ口を叩きながらも、誰よりも人の痛みがわかる人だったのに。

…そうか。……この世界の沙都子は、両親も健在で、村人からいじめられることもない。

……つまり、〝誰よりも辛い目〟に遭ってはいないわけだ。

人格は生まれながらに持つものだけじゃない。様々な出来事や体験を通じて培《つちか》っていくものでもある。

…沙都子にとって、幸運なサイコロを出し続けた世界では、沙都子はこういう人格になる、ということなのだろう。

つまり、…この沙都子は、外見が酷似《こくじ》しているだけで、私の大親友の沙都子とはまったくの別人、ということなのだ。

そう理解すると、沙都子にいじめられるという悲しみは消え、…代わりに、元の世界へ一日も早く帰ろうとする私を妨害《ぼうがい》するただの嫌なクソガキに見えてくる。

私に関わるな…。

お前たちはお前たちで、このイカレた世界で好き勝手にやってればいい。

でも、元の世界に帰ろうと必死な私の仕事を邪魔するな！

「ほらほら古手さん！　こっちよこっち〜!!」

古文書は再び沙都子のところへ戻ってくる。

沙都子は今度はこっちこっちと、古文書をひらひらかざしながら私をからかう。

鼻を指で摘《つま》みながら、汚らしそうに掲《かか》げるその様子に、クラス中が大笑いするのだった。

ずかずかと沙都子に向かうと、当然、沙都子は古文書を次の誰かに放る。私がそっちへ向かうものと思ったろう。

でも私は古文書の行く先など気にせず、そのまま沙都子に向かって突き進んだ。

爪を、指の付け根に折り込むようにしながら拳を握りしめる。沙都子に、とても重要なことを極めて短時間で説明し、かつ理解させて反論を許さないには、この方法が手っ取り早いと思った。

　私の右拳を沙都子の顔面にくれてやる。

　拳の先端が沙都子の、左目の下縁に叩き込まれ、当分消えないだろう刻印《こくいん》をくれてやった。

　すぐさま髪の毛を鷲《わし》摑みにして床へ転げさせると、近くの誰かの席の椅子《いす》を振り上げ、それで二度か三度、打ち付けてやった。

　何が起こったかも理解できない沙都子は、突然の暴力に混乱し、亀のように縮こまるしかなかった。

　…こういう状態のところへ椅子をくれてやったって、ちょっと迫力があるだけで、そうそう怪我をするもんじゃない。

　その椅子を振り上げ、沙都子の上半身を跨ぐような形で叩き置く。それはちょうど、床に転がる沙都子を拘束するかのよう。私はその椅子に足を振り上げて、まるで杭《くい》を打ちつけるように踏みつけた。

「……沙都子、あんた少しうるさい。私の親友と同じ顔をしてるからちょっと大目に見てきたけど。いい加減、あんたのその甲高い声にもイラついてきたわ。以後、私の半径一メートルに入ったら、言い訳なしで即ぶん殴るからそのつもりでよろしく。……聞いてる!?」

そこでもう一度強く椅子を踏みつけてやると、ようやく沙都子が怯えた表情を浮かべているのが見えた。

…やはり大正解。言う時はきっちり言っておくに限った。

でも、…イラつく。

沙都子のこんな表情、…私が世界で一番見たくないのに。

その表情を、私の手で自ら作り出したのが、…気持ち悪い。

でも、いいの。

この沙都子は、私の知っている沙都子じゃないもの。

それに、いつかは必ず出て行く世界のこと。

…この場で殺してしまったって、私の世界の沙都子とは何も関係ないことなんだから。

だから、沙都子にこんなにも怯えた目を向けられても、ちっとも心は痛まなかった。

「ほ、ほら、梨花ちゃんの本を返してあげて…。はい、梨花ちゃん。」

レナが、呆然としているクラスメートから古文書を取り返してくれた。

「だからもう、沙都子ちゃんを許してあげて…。少しやり過ぎだよ。」

「……ふぅん。なら、私の大切な本を奪って貴重な読書の時間の邪魔をするのは、大してやり過ぎではない?」

「そ、……そういう意味じゃなくて…。」

「当事者じゃないなら引っ込んでて。私はこれを取り戻せて満足よ。」

私は椅子を蹴《け》って転がし、沙都子に解放したことを示す。

でも沙都子には、乱暴に椅子を蹴った仕草が怖かったらしくて、身を硬くしていた。

私はさっさと自分の席へ戻る。

すると沙都子は白々《しらじら》しいほど大泣きを始め、そこへ悟史が廊下から飛んできて、保健室保健室と過保護に大騒ぎした。

すぐに騒ぎは職員室に届き、知恵と校長がすっ飛んできた。

「大丈夫ですか、沙都子さん! …これはアザになるかもしれませんね。悟史くん、保健室へ連れて行って休ませてください。私は山本先生を呼んで来ます!」

知恵がそんなやり取りをしている間、校長は魅音に、教室で何があったのか聞いているようだった。

魅音がこっちをちらちらと見ながら、何やらぼそぼそと説明している。

どうせ自分は蚊帳《かや》の外だったと言い訳しているのだろう。卑劣《ひれつ》そうな魅音なら言いかねない。

予想を裏切らず、校長は私のところへ来ると、校長室へ来なさいと言う。

いじめられっ子がたまにいじめ返すと、大抵こうなるもんだ。いじめの二次被害とでも言うべきか。

本当にうんざりとした気持ちになったが、私の目的は、以後、沙都子が私にちょっかいを出さないように釘《くぎ》を刺したかっただけ。

それは達せられたので、あとは事態を鎮静化させるべきだと思った。

校長室に連れて行かれると、どうして沙都子を殴ったのかと、くどくど聞かれ、何があっても暴力はいけないと説教された。

ただ、私の本を取り上げてからかうという行為については、向こうの非を認めてくれたため、少しだけ胸はすっとした。

「…むむむ。これはなかなか難しい本であるな。古手くんの家の書物かね？」

「まぁ、そんなところなのです。」

「わしも古文は嫌いではないが、これはなかなかに難読だ。君には読めるのかね？」

「読めなきゃ読みませんです。」

「がっはっはっは！　それは道理である！　どういう内容のことが書いてあるのか、少し校長先生にも教えてくれんかね？」

その仕草は、本の中身に興味を持ったというよりは、……教室で孤立していていじめられている私の心を少しでも解きほぐそうという感じの、憐れみがぼたぼた滴《したた》るものだった。

それを受け入れることは、今の私の惨《みじ》めさをさらに増すことにしかならない……。

「……別に友達なんかほしくないし、校長先生に友達になってもほしくありません。もういいのですか？　私はその続きを一刻も早く読み進めたいのです。」

「…………古手くん。読書もいいが、たまには友達に混じって遊ぶのも良いこととは思わんかね。」

「私の友達は別の遠い場所にいます。ここにはいないので興味ないです。」

「………む、…その手、痛まないかね。」

「え？　……あぁ。」

校長に言われて初めて気付く。沙都子を思い切り殴ってやったとき、何かの拍子に擦《す》り剝《む》いたらしい。私の右拳が少しだけ血を滲《にじ》ませていた。

「保健室に山本先生が来てるから、行って手当てをしてもらいなさい。」

「……そうします。」

「古手くん。学校は勉強をするだけのところじゃない。友達を作るところでもあるぞ。少しそこを肝《きも》に…、」

「失礼しますです。ぺこり。」

私を説教できる校長はこの世界の校長ではない。だから私に聞く耳はなかった。

保健室へ向かう途中、教室の前を通る。何人かと目が合ったが、すぐに背《そむ》けられた。

…ふん。いい傾向かもしれない。舐《な》められるよりは、適当に怖がられてた方が気楽でいい。


保健室に入ると、沙都子が目の下に大きな脱脂綿《だっしめん》のようなものを当てられているところだった。

付き添っていた知恵が私の姿を見つけると、怖い形相をしながら近付いてきた。

「さぁ、二人とも。沙都子さんは、ご本を取ってごめんなさいと！　古手さんは、殴ってごめんなさいと、互いに謝りなさい！」

さっきは突然の暴力に怯《ひる》み、弱気そうな顔をしていた沙都子も、落ち着きを取り戻し冷静になったのか、今は憮《ぶ》然《ぜん》とした顔を浮かべていた。

ちょっとからかっただけなのに、突然逆上されて理解不能の暴力を受けた、と納得行かない様子だった。

そんな様子だから、沙都子から先に謝るはずもない。

もちろん、私に謝らなければならない義理もないから、私が先に謝ることもない。

「ほら、二人とも！　お互い、謝らないならいつまでもこのままですよ!!」

知恵が私たちを怒鳴りつける。

私は露骨に面倒臭い表情を浮かべながら、血が滲む拳を山本に突き出した。

「ん、出血してるじゃないかね。座りなさい。消毒しよう。」

「二人とも！　先生の言うことが聞けませんか！　謝りなさい‼」

……このまま知恵を怒らせ続けると、放課後に残れと言われかねないのを察知する。

……冗談じゃない。知らない学校の説教ごっこなどに付き合ってられるか。私は、自分のためにー分一秒だって惜しいのに。

そこまで理解できたら、私の方が行動に移すのは早かった。

山本に傷の消毒をしてもらいながら、すらすらと謝罪の言葉を口にする。

「北条さん、殴ったりしてごめんなさい。」

自分で口にして、何て心の籠らない謝罪だろうと呆れた。

それは知恵も同感だろうが、とりあえず言葉だけでも口にした点を評価する。

「ほら、古手さんは謝りましたよ！　沙都子さんも謝りなさい！」

「……ご本を取っていたずらしてすみませんでした。」

沙都子も負けず劣《おと》らず魂が籠らない言葉を口にする。

私は沙都子の目をぎょろりと睨みつけ、二度と私に関わるなと眼力で言ってやる。

だが、生意気盛りの沙都子がそれっぽっちで萎縮《いしゅく》するはずもない。

今度は返り討《う》ちにしてやるとでも言いたそうな目で睨み返して来るのだった。

知恵は、互いの心の籠らない言葉にどうしたものかと呆れる。

…そこに昼休みの終わりを告げるチャイムが鳴り響いた。

「では沙都子さん、教室に戻りましょう。古手さんも手当てが終わったらすぐに戻ってくるように！」

知恵は沙都子を伴うと保健室を出て行った。私は一瞥《いちべつ》もくれず、ただ山本に右手を差し出すだけだった。

消毒薬のちくりとする痛みが、何だか希薄で、手当てを受けているその右手すら自分の手ではないような気がした。

……それもそうか。古手梨花の手だ。…私の手じゃない。

「…………みんな、今年で学校がおしまいになってしまうのが寂しいんだな。…君もだろう?」

「…別に、私はそういうわけじゃない。」

「住み慣れた故郷が湖底に沈むんだ。…悲しくないわけがないよ。君たちの気持ちもよくわかるさ。」

山本は教室のぎすぎすした雰囲気をそう解釈したらしい。

そう納得したなら、それでいいかもしれない。私にとってはどうでもいいことだ。

「……君だって、ちょっと前までは友達がいっぱいいた。…でも、たまたま君が特に仲がいい友達がみんな揃《そろ》って転校しちゃったんだよな。…君が突然ひとりぼっちになってしまった寂しい気持ちは、ワシもよくわかる。」

「ボクの、仲の良かった友達、…ですか。」

「ほら、富田《とみた》くんや岡村《おかむら》くんたちさ。いっつも仲良しの男子たちと一緒にいたじゃないか。君は紅一点《こういってん》でずいぶん可愛がられていたと思うけど。」

「…………………。」

なるほど。この世界の古手梨花にも一応友人はいたわけだ。…で、運悪くその友人たちが揃って先に転校してしまい取り残されたというわけか。

「でも、友達は彼らだけじゃないんじゃないかね？　寂しい気持ちもわかるし、来年までの仲かもしれないけど、クラスの他の子とも友達になって、楽しくやっていった方が、君にとってもいいんじゃないかい。」

「…別に、親しくなりたくなんかないし。……私の本当の友達は、…あなたの言う通り、遠くへ行ってしまったわ。とてもとても遠くへね。……私はそこへ帰りたいだけ。」

「…………梨花ちゃんは、いつからそんな大人びた話し方をするようになったのかね？」

「ん…。………まぁ、気分です。」

「……先日、君がボールを頭にぶつけて気絶した一件以来、君がこれまで見せなかった暗い表情を見せているような気がしてね。心配してるんだよ。」

この山本という男が、どの程度、古手梨花と親交があって、どの程度に胸の内を知っているのかわからない。…ただ、口調から察するに、元の世界の入江がそうであるように、子供の胸の内が理解できる貴重な大人のようだった。

「……あのボールが当たった時、多分、古手梨花は死んだと思うんです。」

「はっははは。あれ位で死んでたら、ドッジボールもできないよ。じゃあ、あれで死んでたんなら、君は亡者《もうじゃ》ということなのかね？」

山本は軽く笑ったが、心底馬鹿にした風ではない。あくまでも、私にその先を促《うなが》すためだった。

……なるほど、山本は保健室の先生であるだけでなく、多感な年頃の生徒たちの心のカウンセラーでもあるつもりらしい。………入江の代わりにいるのは伊達《だて》ではないようだ。

私は、なぜか山本にはほんの少し心を許せる気がした。

…それは多分、私の知る世界に存在しないせいかもしれない。

今の私にとって、私の知る世界にいる人物の姿は、誰であっても不愉快だった。

…だから、私の知る世界と被らない人物にかえって心を許せる気がした。

どうせ山本は、私のことなど思春期を迎えたばかりの小娘だと思ってる。

私がどんな世迷言《よまいごと》を口にしたって、ウンウンと頷《うなず》くに違いない…。

「……私、山本たちの知ってる古手梨花じゃ、ないんです。」

「それはどういうことだね？　じゃあ、君は誰なのかな？」

「………とりあえず、ベルンカステルって名乗ることにしました。古手梨花って名乗ったら、この体の本来の持ち主に悪いので。」

「ベルン…？　ははは、横文字かい？　まるで宇宙人みたいだね。君はどこから来たんだい？」

「別の世界からです。……讐えるなら、ＩＦの世界。同じ雛見沢だけど、歴史や成り立ちがまったく違う世界。この世界では、ダム計画が決定して村人の立ち退きが決まっているけれど、私の世界は違う。ダム計画に村人が結束して立ち上がって、計画を打倒する。そして、ダム計画は無期限に凍結された。……そういう世界から来ました。」

「…………ふぅむ。では君の来た雛見沢は、ダム湖には沈まないわけか。」

「そうです。昭和五十八年の後も、ずっとのどかな生活が続いていきます。」

「……いい雛見沢だね。ワシもこの土地をとても気に入っているから、立ち退きは本当は心苦しい。……だから、君の来たという世界の雛見沢に憧れるよ。…その世界の雛見沢を、もう少しワシに教えてくれんかね。」

どんな荒唐無稽《こうとうむけい》な話でも、頷くことがカウンセリングの第一歩であるという。

…そういう余計な雑学がなければ、先を促してくれる山本の言葉に感涙《かんるい》さえ浮かべてしまったかもしれない。

でも、先を続けたい誘惑に打ち勝てない。…私は、山本に促されるままに話を続けた。

……その世界では、ダム戦争と呼ばれる大きな抵抗運動があり、数年をかけてダム計画を撤回すること。

そして、その戦争を通じて村人は結束を強め、…村人はみんな仲良しで、学校の生徒もみんなみんな仲良しで、…そこには外部から転校生たちもやってくる。

そして、魅音が委員長として、ゲームで愉快に遊ぶ部活を開き、……沙都子はとても不幸だけれど、私と仲良しで。…それからそれから…。

「はっはっは、沙都子ちゃんが可哀想だなぁ。何で沙都子ちゃんが村中から虐《いじ》められなくちゃいけないんだい？　みんな幸せな世界なんだから、沙都子ちゃんにも意地悪しないで、幸せの輪に入れてあげなよ。」

「………別に、意地悪で言ってるわけじゃないわ。…私の世界ではそうというだけの話よ。…それに、この世界の沙都子よりは辛い運命をたどるかもしれないけど、……その沙都子は私の一番の友達で、他に比べるものなどない唯一無二の親友。………だからこの世界の沙都子の顔が余計《よけい》に腹が立つの。」

「…その、君の本当の親友と同じ顔で、君に意地悪をするのが許せない…？」

「そう。」

「……………………。」

山本は深いため息を一つ漏らすと、腕を組みながら窓の外を眺めるのだった。

外は小降りになったとは言え、まだ雨のようだった。

しばらくの沈黙を守った後、山本は言った。

「………つまり、ここは君の世界じゃない、ということかい？」

「そうです。私は元の世界に帰らなければならない。……ここは私の世界じゃないんですから。」

「確かに、そんな楽しい雛見沢なら、一刻も早く元の世界に帰りたいよなぁ。…………でも、帰る方法はあるのかね？」

「……あります。でも、探すのはとても大変です。」

「ほう、そりゃどんな方法だい？」

「…………多分、この雛見沢のどこかに、カケラが落ちています。そのカケラのせいで、私を元の世界に戻す力を持った羽入…、いえ、オヤシロさまがこの世界へ来られないのです。」

「オヤシロさまって、古手神社に祀《まつ》られてる、あの神さまのオヤシロさま？」

「…説明すると長いですがそんなところです。私は彼女と一緒に数多の世界を巡ってきました。この世界は、その結果に漂着した世界のひとつでしかありません。だから、彼女が来てくれればすぐにでも出て行くつもり。」

「急に話が大きくなったね…。つまり、君はオヤシロさまと一緒にこの世界へ来たわけだ。ところが、君をこの世界から連れ出せるオヤシロさまが、どういうわけかこの世界に入れない。…つまり、君は船が漂流してしまって取り残されたようなもの、ということかね？」

「平たく言うとそういうことです。………彼女をこちらに呼びたくても、彼女を阻害《そがい》するカケラがこの雛見沢のどこかにある。それを見つけ出して焼いてしまわないと、私は元の世界へ帰れない。」

「…………そのカケラというのはどこにあるんだい？」

「…どこかにあるの。…カケラは〝想い〟。だから、それが宿る何か。…どんな形をしているものに宿っているのかわからないし、…宿っているのが物という保証もない。人間に宿っているのかもしれない。何もわからないんです。」

「君は、物だったら焼くと言ったね。人だったらどうするんだい？」

「羽入は、人の場合なら殺すことで同じ意味を持つと言ってる。………カケラを宿すのが人間でないことを祈ってるわ。」

「ぅ、…ぅ〜む……。…………その羽入というのは誰だい？　新しい登場人物だね？」

「あぁ、オヤシロさまの別名よ。むしろ羽入が本名。オヤシロさまなんて名前は後世の村人の誰かが付けた適当な名前じゃない？」

「なるほど、それが君の読んでいた本に書いてあったのかな？」

「……別にそういうわけじゃないわ。」

山本は、組んだ両腕を解くこともできず、う———んと唸《うな》りだす…。

再び、雨の音しか聞こえない沈黙が訪れた。

……ナーバスだったかもしれない。

言っても何の解決にもならないのに、口にしてしまった。

山本は今頃、私の頭がどうにかなってしまったのではないかと訝《いぶか》しがっている頃だろう。

その複雑そうな顔を見れば容易に想像がついた。

「そのカケラは見つかりそうかい？」

「……わからないわ。羽入に干渉する力なのだから、オヤシロさまに縁のある何かにヒントがあるんじゃないかと思って古文書を読んでいるところ。…探し物のヒントを探してる、そんな状態ね…。」

「………そうか。見つかるといいね。…でも、それが人だったら、君はどうするんだい。まさか、本当に殺しちゃう気なのかね？」

「そういう風に聞かれると返答に困るけど…。………それしか元の世界に戻る方法がないなら、私は躊躇しないかもしれない。…どうせ、私の世界から見ればこの世界は妄想や白昼夢と同じ。…誰が死んだって、私の世界では生きてるし関係ないもの。」

「なるほどなるほど。でもちょっと待ちなさい。君にとってこの世界は夢の中なのかもしれないが、ワシにとってはここは自分の世界でね。たとえ誰であっても殺されちゃ困る。」

「…………理屈はわかってるし、私も人殺しなんてせずに帰れるなら、それに越したことはないわ。」

「話題を戻そう。君に、元の世界への帰り方を教えてくれるその羽入は、どうやって君にそれを伝えるんだい？　お告げみたいなものがあるのかい？　それとも夢枕に立つ？」

「そんな曖昧《あいまい》なものじゃない。会話するのよ。ある水晶球が羽入と私の通信機の役目を果たすの。」

「ふ〜む。ワシも、その羽入と話すことはできるかね？」

……それは手っ取り早い話だった。私の世迷言も、羽入と実際に会話させればそれに勝る証拠はなくなるのだ。

ただ、不安もある。私と羽入は話せても、山本には話せない可能性もある。

……この手のマジックアイテムにわりとありがちな話だ……。

でも、試す価値はあるかもしれない。私はポケットから水晶球を取り出す。

「…そのビー玉が通信機かい？」

「やっぱりそう思うわよね。私もビー玉だと思ったわ。」

水晶球の明かりはとても弱々しかった。

……明かりは細くなる一方で、最近はその回復も遅い。数日前に会話して光が衰えて以来、なかなか回復せずにいる。

…この程度の光り方ではまだ少し足りない。…もうちょっとだけ回復に時間が必要そうだった。

「………このビー玉に光が宿ってるのがわかる？」

「んんん…、どうだろう。光の反射じゃないかい？　…でも、綺麗なビー玉だね。ラムネ瓶の玉かい？」

「…とんでもない。古手神社の至宝、カムノ何たらとかいうありがたい宝だそうよ。…ラムネ瓶の玉に見えるって点では、悪いけど私も同感ね。」

「古手神社の…。……ふむふむ、これで、どうやって羽入と会話を？」

「私は額に当てるようにするわ。すると声が聞こえるの。」

山本はさっそくそれを試す。両目を瞑《つむ》り、むむむと唸ってみせた。

………多分、無理だろう。私でないから駄目なのか、力が弱っているから駄目なのか、判断がつかない。

「……んー〜、申し訳ないが、ワシには聞こえんなぁ。君はどうだね？」

「…羽入と話すにはある程度の力が回復してないといけない。貸して。…………………んん、私でも駄目ね。まだ回復しきっていない水晶球では羽入の声を聞くことができないわ。」

自分の額にぎゅうっと押し当てるが、ひんやりとした感触を感じるだけ。力の気配を感じることはできなかった。

「……そうか。それは残念だな。」

「日数で力が多少は回復するようなの。…時間をもらえれば、きっとまた会話ができるようになるわ。……その時、もう一度試してもらえれば…。」

「そうかい。じゃあ、もし会話ができるようになったら、ぜひワシにも会話をさせてくれないかね?」

「……えぇ、もちろんよ。このままじゃ、頭が変になったおかしな子と思われて終わりだもの。その失礼な誤解を解かなくちゃ後味が悪いわ。」

「その水晶球の神通力は、どのくらいの時間を待てば回復するんだい?」

「…もう少しだと思う。もう一晩も待てば、ひょっとすると大丈夫かもしれない。……力が戻ったら、あなたに教えるわ。」

「ありがとう、待ってるよ。もし、羽入と話をさせてくれたら、ワシも君が元の世界へ帰れるように協力しようじゃないか。どうだね?」

「…………………本当に?」

…協力というたった一言の言葉がとても心に沁《し》みた。

「私」の存在を理解してくれる人が羽入以外に存在してくれることは、私にとってきっと心強いことに違いない。

それに、膨大な量の文献《ぶんけん》を調べる手間も、二人掛かりなら半分の手間になるのだ。猫の手も借りたい私にとって、とてもうれしいことだった。

…………一方、山本の気持ちを考える。

…山本にとって、今の私は、妄想のためなら殺人すら犯しかねないと言い出す危ない人物だ。

私のことを理解するような発言は全て、コミュニケーションを継続しようという努力であり、私の言っていることを本当に信じているわけじゃない。

…でも、羽入と山本が話すことができたなら、そんな考えは全て吹き飛び、羽入と「私」という超常現象を信じないわけにはいかなくなる。

……でも、世の中はそううまくはできていない。

どうせ、羽入と私は話せても、山本には何も聞こえないという、ありがちな結末になるだろう。

私が取次ぎをしてみせても、それでは信じまい。

でも、だからといって試さない手はない。………やる前から駄目と諦めず、何事にも挑戦しよう。…それが、私が百年の旅で学んだ教訓のはず…。

「約束よ。……ちゃんと羽入と話ができたら信じて。あぅあぅしか言わない、およそ神さまっぽくないヤツだけどね。」

「約束するよ。羽入と話をさせてくれたら、君の話を信じよう。でも、もし羽入と話ができなかったら、どうする？」

まさかそう返されるとは思わず、私は困惑《こんわく》する。

「……どうするって言われても。」

「君が勝ったら、君の話を信じる約束になってる。じゃあ、ワシが勝ったら、君がワシの話を信じるという約束にしないかな？　どうだね、公平だろう？」

「……山本の、何の話を信じろと？」

まぁ、聞かずとも想像はつく。

ちょっと大き目の病院に入院して、頭を精密検査させてくれとでも言うのだろう。

…もっとも、異状など何もないのだから、検査結果はどうせシロ。

となると、心のケアが必要とかいって、向精神薬《こうせいしんやく》でも与えられるか。

……昔、レナに聞いたっけ。…ものすごく無気力にさせて、何をすることも、考えることもできなくなる薬があるという。

危ない患者は、ロクでもないことを考え、ロクでもないことを実行する。その両方を抑え込んでしまおうという薬らしい。

…そんなものを飲まされたら、殺されるのと同じだ。

一見、対等そうな条件だが、勝負の天秤《てんびん》は初めから私に不利なように見えた。

やはり、山本なんてわけのわからない男に、こんな話をするべきではなかった…。今さらながら後悔がこみ上げる。

今からでも、「全部冗談。信じたのですか？　にぱ～☆」とかいって全部、誤魔化《ごまか》すか？

………それを奥の手にするなら、それは水晶球が回復して、山本に交信を試させて失敗した時に使えばいいだろう。

山本が私の味方になってくれるというわずかな可能性を、試す前から捨てることもない…。

「ふ～む。じゃあ明日はちゃんと梨花ちゃんのために予定を空けておこう。それでいいかい？」

懐から手帳を取り出し、他の予定と吟味《ぎんみ》しながらそう提案する。

私は、異論はないと頷いた。

母と娘

「梨花ちゃん。ちょっといいかい。」

放課後、止んだ雨が再び降り出さない内に早く帰ろうと思った時、悟史に声をかけられた。

見れば、魅音と礼奈も一緒だった。……クラスの上級生軍団に呼び止められたことになる。

彼らの表情が穏やかなものでなければ、昼休みに大暴れしたことに対し何かの制裁でもあるのかと勘繰《かんぐ》るところだった。

「………何か御用なのですか。」

「うん。少しお話したいなって思って。」

こういう切り出し方は好きじゃない。

「……お昼休みのことなのですか。」

「それもあるし、…えっと…。」

「……沙都子をお椅子で叩いたりとかしてごめんなさいなのです。」

私は憮然とした態度を隠しもせず、上辺《うわべ》だけはそう言う。

「怖がらないでよ梨花ちゃん。別に私たちは梨花ちゃんを叱ろうとか、そういうつもりで呼び止めたんじゃないんだよ。」

魅音の話し方が私を警戒させているに違いないと感じ取った礼奈が、和《やわ》らいだ表情でそう言う。

「なら、どうして呼び止めたのですか…。」

「まぁ、単刀直入《たんとうちょくにゅう》に言うとさ。みんなで仲良くなるために、どうしたらいいだろうねって相談だよ。」

「……………………。」

つまるところ、現状は仲良しとは正反対の状態にあるということだ。

…そんなこと、言われなくてもわかってる。

しかし、そのためには歩み寄りが必要で、私にも何らかの譲歩《じょうほ》、もしくは自己改革を迫りたいという雰囲気がひしひしと感じられた。

「たださ。一応、理解してほしいんだよね。今の現状を招いたのは、梨花ちゃんにも多少の責任があるってこと。」

「…魅音、そんなこと今わざわざ言わなくても…。」

悟史が、言い過ぎだとたしなめる。しかし魅音は、毅然《きぜん》とした顔で言い返す。

「こういうのを教えてあげるのも上級生の役割だと思うけどな。…違う？」

「……むぅ。」

何やら面倒臭そうな話になりそうだった。

あしらったりすると、かえって厄介《やっかい》になりそうなので、上辺だけでも聞いてるふりをしてやることにする。

私のその沈黙を萎縮と受け取ったのか、礼奈は一層、明るそうに振る舞いながら話しかけてきた。

「梨花ちゃんだって、みんなとお友達で、楽しく楽しく遊べたら素敵だって思うでしょ？」

「…………………。」

「それでね。みんなでね、仲良く遊べるようにどうすればいいのか、私たち考えたの。あははは、何だと思うかな、かな！」

「……わかりません です。」

「梨花ちゃんは知らないと思うけど、魅音ってね。色んなゲームを持ってるんだよ。ね！」

「まぁ、昔の趣味だけどね。小さい頃に、どういうわけかボードゲームとかカードゲームをすごく集めてた時期があってね。最近は全然興味ないんだけど、まぁ、捨てるわけじゃなし、大量に在庫があったりするわけよ。」

「楽しそうなゲームがいっぱいあるのに、全然遊んでなくて埃を被ってるなんて、もったいないよね！　私、あの泥棒《どろぼう》役がサングラスかけて遊ぶ、イギリスの泥棒ゲームやってみたいなぁ！」

「僕は、木の枝をどんどん繋げていく、あの積み木みたいなゲームをやってみたいよ。」

「どのマニュアルも英語なんだけどなぁ！　詩音《しおん》の野郎がそういうのマニュアルを読むのだけは得意だったっけ。…詩音に聞けば早いけど、学園行っちゃったからなぁ。」

「ならみんなで読んで理解しようよ。それもきっと楽しいよ。」

「そうだね。みんなで同じルールでゲームするなら、たとえ間違ってても公平だしね。」

「ね、楽しそうでしょ？　放課後にみんなで集まってゲームで遊ぶ、ゲーム部って部活を始めようって思ってるの！」

「………ゲーム部。……部活。」

それは、私のよく知る、そして私にとっての本当の世界の、…カケラ。

あの賑《にぎ》やかで騒がしい、…そして何よりも、…楽しいとしか形容できなかったあの日々が脳裏《のうり》に蘇り、目頭をわずかに熱くさせた。

……しかし、それはとても信じられないことだった。

なぜ、この最悪の世界で、そのカケラの片鱗《へんりん》を見ることができるのか…。

「クラスの誰もが参加できるんだよ。そこでみんなで遊んでいる内に、きっと梨花ちゃんもいつの間にかみんなの輪に溶け込んでると思うんだ。」

「クラスでひとりだけ浮いちゃってるあんたを溶け込ませてあげようっていう、上級生の心遣いってわけよ。」

「だから魅音、そういうことは言わなくても……。」

「最近は少し気の毒な感じもしてきたけど、実際のとこ私は、今の梨花ちゃんの孤立は、多少、自業自得なところもあったんじゃないかって思ってる。」

私の、自業自得…？

その言葉に、礼奈も悟史も沈黙する。

どうも魅音が口にしたそれは、教室の全員が持つ共通の見解らしかった。

「………自業。…自得なのですか。」

もっとも、当事者ではありながらも、私には何のことかさっぱりわからない。「私」が来る前の古手梨花の話などされても、「私」には他人の話も同然なのだから。

だが、私のそのきょとんとした言い方は、私が幼いゆえの無理解のように見えたらしかった。

彼らは軽いため息をつく。

その仕草が、自分の胸に聞いてみろとでも言われているようで不愉快だ。……私は早くこの場から解放されたかった。

「まだみんなが引っ越してっちゃう前さ。……梨花ちゃんってさ、お姫様だったよね？」

「……お姫様、………ですか。」

「そう。お姫様。…梨花ちゃんは、男の子たちのグループの中で、何でもちやほやしてもらえるお姫様だったよね。自分からは何もせず、常に彼らに何かをさせる。……富田くんや岡村くん、覚えてる？　あの二人なんかは特にアンタが好きだったみたいだったから、アンタが言うことは何でもしたよね。アンタはその上にあぐらをかいて涼しそうにしてるだけだった。そして、アンタに好意のある男の子たちを競わせるようなことをして、いっつも漁夫《ぎょふ》の利《り》のような感じでちゃっかり得をしている。そんなのを不愉快に思ってる子も、少なくなかったんだよ。だから、そういう男の子たちが偶然にもみんな引っ越しちゃってアンタだけが取り残された時、ざまーみろって言ってる子もいたんだよ。」

………そんなの、「私」の話じゃない。

……………………。

「…梨花ちゃん。君にしてる話だよ。魅ぃちゃんの話、聞いてあげて。」

「……………………聞いてますですよ。」

「聞いてないよ。…梨花ちゃんは、自分とは関係ない話だと思ってる。……そうでしょ？」

…礼奈であっても、妙なところで勘が鋭いのは同じようだ。

…当て推量《ずいりょう》だと思いたいが、彼女のそれは当たっていた。

「礼奈もよしなよ…。梨花ちゃんはもうそれを十分反省したと思うよ…。」

「どうかな。反省したとはまだ聞いてないし。その様子からだと、私たちに言われるまで気付きもしなかったって風だよ。」

「だからよしなって！　僕たちは梨花ちゃんをいじめたいわけじゃないんだ。本当の意味で梨花ちゃんと友達になりたいって思ってるんだよ。それには、僕たちも梨花ちゃんも、これまでの関係を変えていく努力をしてかなくちゃならない。」

「…………………………。」

…なぜか、不愉快だった。

彼らの言うことが、…古手梨花のことでなく、…「私」に言っているように聞こえたから。

私は、…お姫様、………か。

これまでの自分がそうでないという保証はなかった。

…部活メンバーで一番可愛がられていて、…レナやクラスの男子にちやほやされて、沙都子や圭一の失敗を嘲笑《あざわら》って涼やかに漁夫の利を得る。

自分からは何もせず、人から与えられる好意を貪《むさぼ》り食うことしかしない。

……それは確かに、「私」のことだった。

…この悲しくて寂しい世界を受け入れたくなくて乖離《かいり》した「私」のこと。

でも、彼らが「私」に言っているわけはない。

だから、…なぜかわけもわからず、不愉快だった。

「部活にはね、沙都子も加えようと思うんだ。…沙都子だって、意地っ張りだから直接はなかなか言えないけど、梨花ちゃんと仲直りしたいって思ってるんだよ。」

「どう？　ゲーム部の部活に梨花ちゃんも参加してみない？　きっと楽しいと思うよ〜！」

「…こんな辺りからでもさ。自分を変えようと小さな努力を始めてみない？　ってこと。」

「最初はぎくしゃくすることもあるかもしれない。…でもね、きっとその内、仲良しになれると思うの。だって、みんなだって梨花ちゃんとお友達になりたいと思ってるし、梨花ちゃんもみんなとお友達になりたいと思ってるなら、…双方が手を伸ばしあってるんだもん。届かないわけない。」

「もう、……僕たちは伸ばしてるんだよ。あとは梨花ちゃんが摑むだけ。」

………どこかの世界で、圭一か誰かがよく似たことを言っていたのを聞いた気がする。

その言葉はきっと、…古手梨花にとってとてもうれしいものだろう。

でもそれは「私」ではない。……私がこの体を乗っ取る以前にいた古手梨花にとってだ。

「私」にとっては、この世界は偽物《にせもの》の、夢の中の世界だし、……私は探し物の途中。彼らに付き合う時間は、…ない。

でも、彼らが古手梨花を想う気持ちに偽《いつわ》りはなく、………私はその気持ちをどう受け止めればいいのか、答えを出せずにいた。

「…梨花ちゃん、ごめんね。……実はさっき、…お手洗いに行く時、保健室で山本先生としてる話、……ちょっとだけ聞いちゃったの。」

礼奈が申し訳なさそうな表情を浮かべる。

…この世界の人間が聞いたなら、電波塗れだと思うに違いないあの会話を、他にも聞いていた人間がいたとは…。

それで私のことを気持ち悪がって近寄らなくなるなら理解もできるが、……その結果がなぜこれになるのか、少し理解できなかった。

「……梨花ちゃんが言ってた世界って、…みんなが仲良しでとっても楽しい世界なんだよね。…梨花ちゃんはそこへ帰りたいって、言ってたよね。」

「………………………。」

「だからね、私たち話し合って、…梨花ちゃんがその世界へ戻れる方法を考えたの。」

「…といっても、もちろん引っ越しちゃった富田くんや岡村くんたちを呼び戻すわけじゃないけどね。」

「うん。元の世界へ戻ることって、誰もが望むことだと思うけど、…それって、ゼッタイデキナイコトだと思うの。」

「………え？」

ぎょっとする。……礼奈が「私」の「元の世界」のことを理解できるわけがない。

にもかかわらず…、礼奈の言った言葉が、意味深に感じられ私の胸に突き刺さる…。

「…壊れたコップのカケラをどう未練がましく拾おうとしてもね、カケラはカケラ。一度砕けちゃったものは、もう戻らないの。」

「……………。」

「でもね、コップはひとつじゃない。壊れたコップは惜しいだろうけど、また探せばいいんだよ。でも、砕けたコップのカケラを見つめてうな垂れている内はゼッタイに見つけられない。」

「……つまりね、梨花ちゃん。引っ越してしまった梨花ちゃんの親しかった友達はもう呼び戻せないけど、…なら、それに負けないくらいの友達をまた作ればいいんだよ。」

「きっとそうして作った世界は、梨花ちゃんの元の世界に限りなく近い世界になると思うの。…もちろんまったく同じにはならない。でもね、それが一番、元の世界に近付ける方法だと思うな。」

「そうすることでさ。前よりも素敵な関係を築けるってことはあるよね。雨降って地面が何とやらって言うでしょ。」

「どう？　梨花ちゃん。僕たちも梨花ちゃんがみんなに早く馴染めるよう応援する。だから、僕たちと一緒に頑張ってみないかな。」

「……………………。」

その言葉は、この世界の古手梨花が言われたなら涙すべきやさしい言葉だろう。

…だが、「私」が乗っ取ってしまった以上、古手梨花はもういない。

……彼らが声をかけている古手梨花はすでにこの世界の住人ではないのだ。

………この体を、いっそ古手梨花に返してやりたいとも思う。

そうすれば、平行世界の辺境に住む一人の私は、少しずつ幸せな世界へ運命を変えていく切っ掛けを得られるだろう。

…「私」は元の世界へ帰り、残されたこの体を古手梨花に返せたなら。

でも、それはできない。

なぜなら、「私」がこの世界を出る、というのは、……カケラをこの世界から神の世界へ戻すのと同じ方法が必要になるからだ。

つまり、「私」の死。

「私」が死ぬことでしか、「私」はいなくならない。

……ということは、「私」が古手梨花を乗っ取った時点で、古手梨花はすでに死んでいるのと同じことなのだ。

………でも、ひょっとしたらひとつだけ、この体を古手梨花に返す方法があるかもしれない。

それは、別の形で「私」が死ぬことだ。

…「私」は、別に寄生虫《きせいちゅう》でもなんでもない。

……難しく言えば、別の世界を自覚した人格。いや、別の世界を自覚した記憶とでも言えるかもしれない。

だからつまり、……別の世界のことを忘れられたなら、それは「私」の死と同じことを示す。

古手梨花にはこの世界しかないのだから、この世界を精一杯生きる。

……そうすれば、「私」は次第に忘れられ、自分がどこの世界に住んでいたのかも曖昧になり、……今生きているこの世界を生きるのに一生懸命《けんめい》になる。

……つまりそれは、……元の世界を諦め、この世界で生きることを、「私」が決意するだけで可能なのだ。

それは、礼奈が言うように、元の世界とは違うかもしれないけれど、……元の世界に一番近付ける方法。

元の世界とは少し違うかもしれないけど、部活が結成される。

クラスメートは半分で、圭一がいない代わりに悟史がいる。

沙都子は親友ではないけれど、これからの付き合い方次第では、そこまで至らなくとも友達の関係には戻れるかもしれない。

雛見沢はあと半年で沈むそうだけど、……新しい引っ越し先で、また新しい友達を作る努力ができるだろう。

それは古手梨花にだけ過酷な運命ではなく、……この「世界」に住まう全ての人間に等しく公平な運命。

「私」だけが、特例でその運命をひょいひょいと乗り換えて贅沢《ぜいたく》を言っている…。

……「私」は、…わからない。

どちらの世界に、精一杯になるべきなのか……。

礼奈の言葉が蘇る。

割れたコップは二度と元通りにならない。そしてそれを悔やんでいる間は新しいコップを見つけることなどできないと。

……コップとは何の譬えだろう。

…コップは水を満たすためにある。

多分、その水は幸せと呼ばれるものだろう。

コップが砕けて、中身の幸せが飛び散って。……コップが壊れたのだから、もう二度と幸せを溜《た》めることができず途方に暮れる…。

でも、いつまでも壊れたコップに執着《しゅうちゃく》せず、新しいコップに新しい幸せを満たそうと心を入れ替えられるなら、……新しい世界が開けるかもしれないのだ。

でも、その世界は似つつも元の世界とは異なる。

…これは、元の世界へ戻るための鍵探しがあまりに困難で、…挫折してしまいたい弱い心が唆《そそのか》す誘惑ではないのか。

かつて私は、元の世界に戻るためにはどんな努力でもすると誓ったのではないか。

自分がその誓いを破れば、私に運命を賭けている羽入は、永遠にひとりぼっちとなって取り残され、…私だけがひとり、勝手に幸せになる。

……羽入を幸せにしなくちゃならない義務なんてないけど、………でも、羽入とは百年を連れ添《そ》った友人で相棒で、…仲間だった。

だから、……その誘惑を選ぶにしても、羽入の許可が要る。

つまり…、今の「私」には、彼らの申し出に即答する資格はなかった。

「……本当に、………ありがとうです。……とてもうれしく思いますのです…。」

「大丈夫。僕たちがきっと守ってあげるから。だから、この学校が廃校になっちゃうまでの時間、いっぱい楽しい思い出作りをしようよ。」

「いえ、……あの、……。………少しだけ、心の整理をしたいのです。」

「はぁー？　何を乙女《おとめ》チックなことをー。別に悟史があんたにコクったわけでもないでしょうがぁ。」

「魅ぃちゃん、余計なことは言わないの。…私は梨花ちゃんの気持ち、ちょっぴりだけわかるよ。だから梨花ちゃんが心の整理を付けるの、待ってるからね。」

「……ありがとうです。………もし、…お願いする時はどうか、…この古手梨花を、みんなの仲間に加えてやってくださいです…。」

申し訳なく頭を下げる…。

それが今この場でできる私の精一杯だった…。


…みんなで帰ろうという申し出を断って、私はひとり下校した。

みんなで楽しく下校するのは古手梨花の権利だと思ったからだ。

この「私」、フルデリカ・ベルンカステルが享受《きょうじゅ》すべきものではない…。

「私」は何なんだろう…。

いっそ、もう一度ボールが飛んできて私の頭にぶつかってくれないだろうか。

この世界の古手梨花は、それを切っ掛けに「私」に乗っ取られた。

なら、もう一度ぶつかることで、「私」が消え、この世界に生きる純粋な古手梨花に戻ってくれないだろうか…。

いっそ私が「私」でさえなかったら、彼らのこの申し出に何も躊躇することなどない。

この世界は確かに、私のやって来た元の世界と比べるとあまりにも悲しい。

…でも、この世界にはこの世界なりの何かがあり、…そして、この世界なりに幸せになろうという前向きさがある。

もし、他の世界のことなど知らなかったら、私は再び掴めるかもしれない幸せの予感に感涙すら隠せないのではないか。

………この矛盾《むじゅん》した感情は、「私」の内に眠るこの世界の古手梨花の感情なのだろうか。

その感情は「私」を腹立たしく思い、彼らの申し出を保留し、なぜひとりぼっちで下校をしているのかを責めるのだった…。

「…ただいま。」

「おかえりなさい。」

……母は、おかえりと言ったら間髪容れずに、今日の宿題は云々言う人なのに、今日はそれがなかった。

「梨花ぁ。台所にいらっしゃい。」

母の声が何となく明るくて軽やかだった。

何だろう、何か私を良い意味で驚かせたいことでもあるのだろうか。

…でも、今日という日に何か特別な意味は思い当たらなかった。

…人の思惑《おもわく》は声色《こわいろ》に出る。

取り敢えず、顔を出してもいいように感じられる。私は荷物を置くと台所へ向かった。

行ってみると、まだそんな時間でもないだろうに母は夕食の支度を始めていた。

何かいいことでもあったのだろうか、母は上機嫌《じょうきげん》だった。

…例年のこの時期は、綿流しが近付き、色々な準備や手配で気が短くなっていることが多い。

それを知り尽くしているだけに、母の上機嫌の原因がわからず困惑した。

何の用かと尋ねる。すると、百年の間でも一度も聞いたことがない提案をした。

「お母さんと一緒に、今日はカレーを作りましょうね。立派なのを作って、お父さんを驚かせちゃおう。」

「…………………ぇ、…………………ぅん。」

カレーはそれほど好きではない。……でも、百年前の自分、…つまり、「私」じゃなくて古手梨花は、…好きだった気がする。

だから、今の「私」にではなく、古手梨花にカレーを作ろうと告げる母が、娘を喜ばせたくてそう言っていることだけは理解できた。

……私は、母があまり好きではない。

ヒステリックで、人を追い詰めるような言い方をするのが嫌いだった。

…だからこう、やさしく接せられたら無理に嫌う理由もなくなってしまう。

私は、母の心変わりの理由が何なのか探りながら、とりあえず機嫌を損《そこ》ねぬよう調子を合わせることにする。

「じゃあ、ジャガイモの皮を剝きましょうか。…包丁《ほうちょう》でできる？　危ないから皮剝き器を使いなさい。」

「…うん。」

本当は包丁でできる。大根をかつら剥きにして長い帯が作れるくらいには使いこなせる。…でも、娘が母より包丁を自在に扱えることを示して、母の面目《めんぼく》を潰すことはない。…ここは母の顔を立てることにする。

母は包丁を使い始めてせいぜい十数年だろうが、…私は包丁を使って数十年だ。十と数が逆になったら全然違う。

だからこそ、母より包丁をうまく使えることが誇《ほこ》らしくて。母に自慢したくて。…娘に包丁の使い方を教えたいという、母の気持ちを踏みにじってしまったのかもしれない。

………子より親の方が長く生きていることになっている。

だから子は、親が自分より長い人生で学んだことを尊敬する。

だが、…私のような魔女の場合、親より子の方が長く生きてしまい、多くを学んでしまうこともある。

…でも、多分、私は本当に学ぶべきことを学ばなかったと思うのだ。

だって、…こうして素直に母の言うことを聞いている分には、母は全然ヒステリックにならないのだから。

……私に、母を人生の先輩として敬おうという気持ちがなければ、母とて人生の先輩として振る舞おうという気持ちがなくなる。

……最後に残ったのは、冷め切った気持ち悪い親子関係だけだった。

私がもっと娘らしく、無知を装い子供らしさを弁《わきま》えていれば、…母との関係はこんなにも穏やかだったのかもしれない。

…つまり、母は古手梨花の母だということだ。百年を生きた魔女の母ではない。「私」に冷たいのは、考えれば当然のことだったのだ。

「ね、こうして煮えにくいものから順番にお鍋に入れていくのよ。」

「うん。…………玉ねぎはいつ入れるの…?」

「玉ねぎは煮過ぎると溶けちゃうから最後でいいのよ。梨花が頑張って切った玉ねぎだもんね。きっとおいしくなるわよ。」

「………………………。……うん。」

母はとてもうれしそうに微笑む。

その微笑は、……とても温かなもの。

百年を経てすっかり忘れてしまったはずなのに、……思い出すのは一瞬よりももっと短かった。

…両親は必ず昭和五十六年に死ぬ。その運命はどうせ覆せない。それに元々反《そ》りが合わないなら、いなくなってもどうでもいいや…。

そんな考えが重なっていき、両親への関心がなくなり、……ますますに両親と私の心がすれ違って、……ますます悪循《あくじゅんかん》環に陥《おちい》っていったのかもしれない。

私はこの世界に得るものなど何もないと思ってきたが、……そんなことに気付かされるとは想像もしなかった。

…こんな母なら、………一緒に過ごすのも、温かで楽しいかもしれない。

そうだ…。私が母親の温かさを拒絶したのは、………死別する悲しさを和らげたかったからかもしれない。

…昭和五十六年の運命が変えられないなら、母を嫌いになればいい。………そんな考えが根底にあったのだろうか…。

この世界の母は、昭和五十六年を過ぎてもいなくならない。…これからもずっとここにいてくれる…。

……古手梨花を、…少しだけ羨《うらや》ましいと思う。

そして、……この世界の「私」を、…古手梨花に返してあげたい気持ちにも駆られる。

…元の世界とこの世界はあまりに違う。

圭一がいない。詩音がいない。羽入がいない。

でもその代わり、悟史がいて、両親がいる。

部活はなかった。でも、これから生まれる。

沙都子が親友ではなかった。でも、これからなることもできる。

元の世界とこの世界を天秤にかけるが、……どちらに傾くか、わからなかった。

……私はその判断を羽入に委《ゆだ》ねることにする。

そう。私の運命は私だけのものじゃない。

…羽入にとっての運命でもある。

どちらを選ぶにせよ、羽入の相談なくして決めてはならないのだ。

羽入が私に力を貸してくれたから、元の世界もこの世界もある。

もし羽入が力を貸してくれなかったら、……一番最初の世界でおしまい。

鷹野に腹を裂《さ》かれてジ・エンドなのだから。

カレー鍋に蓋《ふた》をし、あとはコトコト煮込む。

その間に父が帰ってきて、私たちがふたりで作ったカレーをとても楽しみにしてくれた。

それから母に促され、食器の配膳《はいぜん》をした。

…普段の昭和五十六年なら、母に何かを命じられるのはとても煩わしい。

……でも、この世界の母に言われるのはちっとも苦ではなかった。

「梨花はみんなのお皿にごはんを盛り付けてちょうだい。できる？」

「うん。できますです。」

そんなことできないはずないだろ、ばぁか、と。かつては何度も思った。…でも、思わない。

私は温かな湯気を上げる炊飯釜《すいはんがま》を開け、ごはんを盛り付けた。

母は熱々のカレー鍋を持ってくると、それをみんなのお皿に分けてくれる。

「おー、すごいね。梨花が盛り付けたごはんに、母さんが作ってくれたカレーか。おいしそうだ！」

「違うわよー、ねぇ？　カレーも梨花と一緒に作ったのに失礼なお父さんねぇ？」

「みー☆」

…………「私」を、引っ込める。

古手梨花が「私」など不要だと叫ぶから、引っ込める。

「私」は私を、古手梨花に返し、…心の底からこの一家団欒《だんらん》を楽しんだ。

歪《いびつ》なジャガイモが出てくると、微笑ましく笑いあった。

「私」はジャガイモを無様に切ったりなどしない。…でも、古手梨花はまだまだ下手くそだから、こういうこともある。

……カレーなんて、具さえ同じならあとは市販のルーの味しかしない。

だから、同じルーなら百年間どう作っても同じ味なのに…、……このカレーだけは違う味がした。

「私」は、失ってしまった古手梨花に、…いや、失ってしまった自分に涙していた。

古手梨花は、忘れてしまっていた温かさを取り返す。

もう一度ボールが飛んできて、私の頭に当たってくれないだろうか…。

……そうしたら、私は一度気絶し、…次に目を覚ます時には、「私」を忘れている。

……それが、…一番のハッピーエンドじゃないか。

「私」が、異端《いたん》。

この世界が私の持つ平行世界の中で異端と思う「私」自身が、異端。

なら、…「私」の百年をかけて至ったあの世界は何?

圭一やレナ、魅音に沙都子に詩音に、…みんなで勝ち取ったあの世界の幸せはまやかしなの…?

そんなことはない。

あの世界は、百年を超えて学び、みんなで信じあって勝ち取った輝かしい世界。

この世界とはまた違った幸せに満ちていた。

そのどちらもが輝いていて、どちらが優れているも劣っているもない。

…結局のところ、世界に優劣《ゆうれつ》などないのかもしれない。

私は、鷹野に殺されるか否かという極端な世界にしかいなかった。

だから無数の世界を、アタリとハズレの二つで考えるようになってしまった。

でも、数多の世界は二元化して考えられるほど単純ではなかったのだ。

明日のごはんが、ハンバーグか秋刀魚《さんま》の塩焼きか。どちらがアタリでハズレかの問題じゃない。どちらの世界だって、家族で楽しい夕食を過ごせる幸せがある。その食卓にいるそれぞれの自分に、もし今夜の夕飯が逆だったら？　と聞くのは無粋《ぶすい》の極みで、……そもそもそんなの大した問題じゃない。

………………元の世界とこの世界の、どちらにも優劣はないのだ。

私はそれを、認めなければならない。

元の世界へ戻るカケラの在《あ》り処《か》は未だわからない。

でも、……もしわからず、……そして羽入と連絡を取る水晶球の力が消えてしまったら。

……「私」は異端らしく消え、……古手梨花にこの体を返そう。

古手梨花から見ればそれは、「私」が元の世界へ帰ったとも言えることに違いない。

かつて「私」がこの世界を白昼夢の中の世界と称したように、古手梨花にとっては、「私」の元の世界の方こそ白昼夢。「私」という異常な妄想が、白昼夢の中に消えるだけ。

……元の世界に帰る方法なんて、……どうでもいいのかもしれない。

「私」が、どちらを元の世界と決めるか。

……それだけのことだったのかもしれないのだ。

食事が終わった後、私たちは食器を台所に片付け、洗い始める。

父は夜の会合があるとかで、また出掛けるようだった。

「梨花、少し洗っててくれる？　ちょっとお父さんにお話があるんで、続きをやっててね。」

「はいですよ。」

古手梨花として、快活に返事をする。

でも、「私」は小さな違和感に気付いていた。

父に話すべきことがあったなら、話せる機会は夕食の間中、いくらでもあった。

それを、私に洗い物をさせてる間に玄関でふたりきりでする、という違和感。

……大人しく皿洗いをしていればいい。

…でも「私」の込み上げる好奇心が抑えられず、私はこっそり足音を忍ばせて玄関の両親の会話をうかがった。

話しているのは母。口調は、…明るいものではなかった。

「それで、山本先生が市内の大きな病院に相談してくれてるらしいの。……先生が仰《おっしゃ》るには、脳よりも心の方かもしれないって…。立派な先生がいらっしゃる病院だそうなの。」

………………やはり、……聞かなければよかった。

…保健室の山本は確かに、この話を誰にもしないとは誓《ちか》わなかった。

山本は私が去ってからすぐに、私の両親に話したのだろう。…娘がとんでもないことを口走っていると。

それを山本は、ひとりぼっちの私が精神的に追い詰められて心を病《や》んでしまったと説明したに違いない。

……私の話した内容を考えれば、それでもかなり良心的な解釈だろう。

「……梨花に直接話はしたのか？」

「あとで話すつもり…。明日突然、先生が来て、病院へ行きましょうじゃ、…騙《だま》してるみたいだもの。」

「………………………。」

「……でもね、あの子の気持ちを考えるとわかるの。仲のよかった友達だけが先に引っ越しちゃって一人残されて。…その気持ちを汲み取ってやればよかったのに…。梨花は最初っから引っ越したくないってずっと言ってた。…その気持ちの整理も待たず、一方的に押さえつけてしまって……。」

「…………山本先生は明日の何時にいらっしゃるんだ？」

「夕方って言ってたけど、時間は聞かなかったわ。できたらお父さんもいてほしいって。」

「夕方は集会所にいるが、山本先生がいらっしゃったら呼んでくれ。」

「わかりました。」

「……気を落とさずに。…梨花が元の世界に帰りたいと言い出す気持ちはよくわかるが、……でも、もうどうしようもない。国と村とで決まってしまった話だ。…ならせめて、雛見沢に住んでいたことを思い出す時、楽しい思い出を真っ先に思い出せるようにしてやりたいな。」

「…そうですね…。」

「もう時間だから行くぞ。……梨花のこと、頼む。」

「はい。…いってらっしゃい。」

私は来たときと同じように忍び足で戻る。

…でも、床板をぎぃと鳴らしてしまったかもしれない。

台所に戻ってきた母は、元気のなさそうな声で言った。

「……聞いてたの、梨花。」

「…………………。」

「…今日ね、山本先生から電話をもらったわ。……梨花が、山本先生に相談した話のことを、教えてもらったの。」

「………みー。勝手におしゃべりするなんて、山本はひどいヤツなのです。」

「ごめんね、…梨花。梨花はずっとこの村に住んでいたかったのよね。その気持ちを考えず、だいぶ厳しい言葉をたくさんぶつけてしまった気がする…。」

「……いいのですよ。別にそんなことは気にしてませんです。」

母の謝罪は、この世界に生きた古手梨花が聞くべきものだ。「私」が受けるものではないから、私はそれを拒絶する。

でも、母は勝手に謝り続けた。……「私」はなおも拒絶しようとしたが、…やめる。「私」の出番ではないのだ。「私」は引っ込むべきなのだ。

…その時、……「私」がぼぅっと…薄れた気がした。

それと同時に、…自分の両目が熱くなるのを感じた。

あとは、「私」にとっては朦朧《もうろう》とした世界。

私は泣きながら母の胸に顔を埋めている。…そして母もそんな私の頭を抱きながら泣いていた。

………このまま消えてしまえたなら。

それもまた、…古手梨花の人生なのかも、……しれない。

それから母は、自分の子供時代を懐《なつ》かしむように、雛見沢のいろんな話をしてくれた。

自分が子供の頃はどこそこがどうだったとか。あれがあったとかなかったとか。

そんな話をしながら、……大好きなこの村を、お互い、いつまでも心に残しておこうねと、慰めあう。

「それでね、お母さんが子供の頃はすっごく村のお年寄りに大事にしてもらったの。それはね、お母さんがオヤシロさまの生まれ変わりって、信じられてたからなのよ。」

「……オヤシロさまの、…生まれ変わりって…？」

「梨花には話したことがなかったわね。古手家には古い言い伝えがあってね。第一子が八代続けて女の子だったら、その子はオヤシロさまの生まれ変わりであるって言い伝えがあるの。それがね、お母さんなの。」

「……わ、私じゃなくて?」

「梨花も女の子で第一子だけど九人目に当たるわね。うちは女系なのかしら。お母さんが八人目。オヤシロさまの生まれ変わりなの。……でも、これは内緒よ? 誰にも言ってはいけないことになってるの。だからこのことを知っているのは死んだおばあちゃんと私と梨花だけ。お母さんと梨花だけの秘密よ、ね?」

…信頼関係の証のため、女の子同士は時に、互いの秘密を打ち明けあう時がある。

…母にとって、それは、その程度のことに使える小さな秘密のつもりだった。

……でも、「私」にとっては違う。

羽入は、女子が八代続いた八人目、オヤシロさまの生まれ変わりの前に初めて姿を現すことができた。

ところが、この世界の古手梨花は、八人目ではない。

オヤシロさまの生まれ変わりではないのだ。

だから、
この世界の古手梨花の前には、羽入は現れられない…。

その時、……顔を埋めた母の胸が、温かく、…いや、少しだけ熱くなるのを感じた。

熱い…？　違う。

……これは、…………………………羽入と同じ力の、…気配。

だって、これは、秘密だから。

おばあちゃんが死んでる今、お母さんがオヤシロさまの生まれ変わりであることは、オ母サンシカ知ラナイ。

つまり、………お母さんがいなくなれば、〝この世界にはすでにオヤシロさまの生まれ変わりが存在しているというカケラ〟が消え去るということ…!!

私の温かい涙が止まり、……両眼がからからに乾いていくのを、私は絶望の淵で感じていた……。

…お母さんなのだ。

お母さんが、カケラを宿しているのだ…。

それが何を意味するのか。……できることなら、私は永久に思い出したくはなかった……。

選択

日中、山本と試した時はまだ羽入と話せるほどの力は回復していなかった。

あれから半日しか経っていないけど、…祭具殿の中なら、ひょっとすると…通じるかもしれない。

羽入はかつて、祭具殿の中には昔の古い空気が残っていて居心地がいいというようなことを言っていた。

それは、祭具殿の中では羽入の力が満ちている…というような意味なのかもしれない。ならひょっとすると、わずかに足りない水晶球の力も、祭具殿の中でなら少しは補《おぎな》われるのではないかと思い、私は深夜に寝床《ねどこ》を抜け出して祭具殿に潜り込んだのだった。

今はどうしても羽入と話がしたかった。

御神体前の祭壇へ行き、私は水晶球に語りかける…。

「……聞こえる…？　羽入…。」

水晶球の光は弱々しい。…でも、この世ならざる輝きは確かに残っていた。

お願いだから声を聞かせて……。

その願いは届き、今にも消えてしまいそうな小さな声で返事をしてくれた。

「…………聞こえますのですよ、梨花…。」

「羽入、よかった聞いて!! 私、……私、………うううぅぅうぅッ!! どうしていいかわかんないの! わかんない! ううぅッ!!」

泣いてる場合じゃない。…私は自分の知ること全てを話し、羽入に意見を聞かなければならない。

私は高ぶる感情を抑え、…カケラが母の中にあったことを告げた。

羽入はしばらく絶句していた。

………無論、そのカケラを神の世界に戻すには、…母を殺さなければならないことまで承知してだ。

「………納得よね。あんたはオヤシロさまの生まれ変わりの前に姿を現す。…この世界の私は八代目じゃないから、あんたは私の前に現れられない。…九代目は駄目ってことなの?」

「大昔のことです。…私ですらほとんど忘れてしまった、太古の太古の昔。」

まだ雛見沢に羽入がいた頃の話。

まだ羽入が、オヤシロさまでなかった頃の話…。

それは羽入に聞いても、いつも話してもらえない、全ての始まりの話だった。

「僕が、…………いえ、…私が神になろうと決めた時。……私の娘、……梨花のご先祖はそれをとても悲しみました。私がそう決めたのが、……人の世に絶望したからだと知っていたからです。」

私は、人の世の罪を全て引き受けました。

罪を、人ごと滅ぼす他に祓《はら》う方法がなかったからです。

だから人は、罪を押し付け合い、醜く生きていました。

私はそのあまりの醜さに、この世界に絶望しました。

私は、人の世の罪の全てを引き受け、人に討たせることでそれらを祓う。

私はその討たせる役を、自分の娘に託《たく》しました。

その役目を与えなければ、娘もやがては鬼神の娘と蔑《さげす》まれ、人の世に絶望するであろうと思って。

娘はその役目を嫌がりましたが、自らの使命の重さを理解し、最後には全《まっと》うしてくれました。

でも娘は言いました。

人の世の罪を、命の代価でしか禊《みそ》げないこの世を、自分が作り変えますと。

人々が力を合わせて協力し合い、互助の精神で助け合う。

母上が夢見た理想郷を、必ずやこの地に作り出してみせますと、私に言いました。

ですから母上、どうか人の世に絶望なさらないでください。その悲しみ、この私が必ずや癒《いや》してさしあげます、と…。

でも、私は神となる。娘のその気持ちは受け取れない……。

……いや、実は違う。

…汚らしい人の世に絶望していたから、もう見たくないだけだった。

でも、…娘はそんな世の中を、作り直すと私に強く約束してくれた…。

ならばあなたの気持ちを信じましょう。

この地に、人々が明るく過ごし、助け合い、支え合い、思いをひとつにできた時、私は再びこの地へ舞い戻りましょう。

娘は私を討ち取り、鬼神の神通力を宿して村を統治しました。

人々を統率し、互いが信じ合い助け合うための教義を作り上げていきました。

不和の心があれば必ずや鬼神が蘇る、祟りがあると恐れさせながら。

私の禊を無駄にせず、祓われた罪が二度と村に蘇らぬように、人々を厳しく導きました。

そして村は仮初《かりそめ》の平和を取り戻しますが、私が再臨することはありませんでした。

……私が人の世を拒む力が、あまりに大きかったからです。

ですが、どのような拒む力であれ、永劫《えいごう》に続くものはありえない。

心であっても、壁であっても、蓋であっても扉であっても、…時間で朽ち果てないものは存在しない。

私と人の世の間を閉ざす力も、永遠には続かない。

…その力には限りがあることを、娘はより上位の神の神託で知ります。

それは、古手家に八代続けて第一子が女子であった時、私が再臨するというもの。

私が人の世を拒む力は、八代続けて第一子が女子である「奇跡」が鍵となって打ち破られる。


娘はそれを古手家の伝承に残し、その日までにこの地が私の理想の地であり続けるよう、子孫たちに受け継いでいった…。

「……だから梨花。あなたが八人目として生まれた時。…僕は人の世との接点を再び持てたのです。………確かに大昔は、人の世を嫌って無視していました。でも、誰とも交流できない千年は、私の悲しみを癒してもなお余りある時間。…いつしか私は、誰とも交流できない世界にむしろ悲しみすら覚えるようになりました。私が拒んだつもりでいた千年は、……実は、私を閉ざす罰のような千年でもあったのです。私は、…人の世を浅はかな気持ちで嫌い絶望したことを悟りました。……そして、悟り始めた時、古手家に女子が続けて生まれ始めた。…あなたの母が身籠《みごも》った時、それが女子であってほしいと私がどれだけ祈ったことか…。」

「……でしょうね。私が最初に見た顔は、母じゃなくてあんただった気がするもの。」

「この千年は、人の世を見限った私に対する罰だったのかもしれません。人は、人の世に生きる。そして生まれた世界に懸命でなくてはならない。…それを軽んじ、世界を容易に手放そうとする者は、千年にも及ぶ流罪《るざい》に等しい罰を受けなければならないのかもしれません。」

………その羽入の言葉は、重い。

数多の世界を気楽に歩き、自らの人生をサイコロにすら譬えた自分は、…罪深いのかもしれない。

「…私は、千年ぶりの友人であり娘であるあなたと人生を共にしました。…そして、昭和五十八年の袋小路にぶつかり、…………私は再び罪を犯しました。あなたの運命を変えるために、力を使ったことです。」

「…………私たちは、一番最初のあの世界で、鷹野に腹を裂かれて死ぬ運命を、受け入れるべきだったと言いたいの…?」

「…………梨花には残酷でしょうが、今の僕にはそう思えます。僕は、僕の生きる世界を蔑《ないがし》ろにした。そして梨花の生きる世界まで蔑ろにしている。あなたと一緒の世界を懸命に生き、その最期を形にかかわらず歓迎すべきであった。」

「やめて。あんたは自虐《じぎゃく》に酔って心地いいかもしれないけど、私には不愉快だわ。…あんな運命に屈服したくない、もっともっと素晴らしい人生のためにどこまでも戦っていこうって言って、あなたと百年にも及ぶ旅路を共にしたはず。その果てにそんなことを言い出すなんてメチャクチャだわ！　そんなのはあんたの感傷よ！　そうしてあんたは、私と共に築いてきたこの百年とその果てに掴んだ世界も蔑ろにしようというのね。勝手な話じゃない⁉」

「……死に行く獣を助けて悦《えつ》に浸るのは人の罪です。雪山は獣を殺しその数を神に委ねます。」

「私が死ぬのも運命だったと今頃言い出すわけ⁉　あんたどうかしてるわ‼　あんたがどう言おうと、私たちの勝ち取った世界は汗の結晶のような世界よ！　その輝きは、私とあんたにしかわからないはず！　そのあんたがあの世界を否定するの⁉」

「……梨花、話を戻します。…僕は、八代目のあなたと一緒にこの世界を満喫《まんきつ》したら、あなたの人生の終末と一緒に消え去るつもりでした。あなたが生きている内には関係ないことだから、あなたに話したことはありませんでした。その世界では、あなたの母が八代目。…つまり、すでに私は人の世と接点を持ち、…素晴らしい雛見沢に満足して、さらに上の世界へ消え去った後の世界なのです。…私が、もう消え去っている後の世界。だから、そこに私は、現れられない。」

「でも、そこにあんたの世界のカケラが紛れ込んでる。そしてそれが母にあった。つまりこういうことでしょ。母が八代目であることは母しか知らない。それを殺せば、あんたが現れられないという矛盾の力が消える。正解？」

「そうです。本来なら、梨花のお母さんがその世界の八代目であることは歴然とした事実であり、お母さんを殺したからといって変わることではありません。ですが、異なる世界から漂着した梨花には、それは譬えるなら船を繋ぎとめる舫《もやい》と同じ。…その事実を知るのがお母さんだけで幸いでした。もし他にも大勢知る人がいたなら、梨花はその全員を殺さなければならなかった。」

「…………………。」

「梨花は、元の世界に戻るために母を殺すべきか、この世界に留まるべきかを、私に意見してもらいたかったのでしょう。」

「…………そうよ。」

「私も、梨花のいる世界がどういう世界かずっと調べていました。…そして、そこがどういう世界なのかを理解し、…やがてこの日が訪れることを予想していました。だから、悩んだ梨花が私に相談することも、そしてその結果を受けて世界を選ぼうとすることも予想していました。……だから、悩みました。あなたをどう導くべきかを。神の世の言葉と違い、人の世の言葉は狭い。……どう言葉を選んでも意味が偏《かたよ》る。あなたに、本当の意味で選んでもらうためにはどう言葉をかけるべきか本当に悩みました。

…そして今も悩んでいます。なぜなら、あなたは私に答えを委ねているから。……私がこっちの世界にせよと助言したなら、そちらを選ぶ気でいる。そのために払う代価の責任を私に転嫁《てんか》しながら。それは卑劣なことだし、そんなことで選んだ人生に価値はない。……あなたは、数多の世界を渡り歩き、人の世の外側に足跡を残した人間として、責任ある選択をしなくてはならない。私に頼ることなく。自分の力で。」

「……言いたいことはわかるわ。…あんたの言う通りにしたからこうなった、…なんて責任転嫁されたらたまらないもんね。…自分の人生は自分で決めろ、ってことくらい理解できるわ。」

「伝えたかったのです。……私は梨花と人生を一緒にできて幸せでした。そして数多の世界を共にし、雛見沢がやさしい助け合いに満ちていたことを知りました。私のほしかった世界は、全て満たされたのです。……だから、梨花が私のいない世界を選び、僕がこのまま消えてしまっても幸せだと、それを伝えたかったのです。」

「…………羽入……。」

羽入はすでに見越していた。

……この世界が私にとって温かなものになりつつあることを、見越していた。

でも、羽入という存在自体がこの世界と相対する。

…元の世界の存在である羽入と相談するということは、…どう相談しても、元の世界を見限るのを難しくすることでしかない。

羽入は、自分と相談する限り、私が公平な立場から世界を選べないと、そこまで予想していたのだ。

だから、言う。

古手梨花が選ぶことで迎える自分の運命を、そのまま受け入れたい。

自分のことは気にせず、好きな方の世界に生きればいいと…。

「……仮にこの世界に生きることを選んだとして。……あなたはどうなるの。」

「梨花と僕の長い旅は、その世界のルールで終焉《しゅうえん》します。…つまり、梨花にはその世界での人生が。そして私には、その世界ですでに終わってしまった事実が適用される。」

「つまり、あんたは消えてしまうってことじゃない！」

「………でも、それはとてもとても心地よいことなのです。……梨花はそれを僕の死と考えるようですが。…僕も、その世界における自分は死んでいると、最初はそう考えました。…ですが、その世界における羽入は、…消えてしまってはいますが、喜びに満ちているのです。……あなたのお母さんと人生を共にして、楽しい時間を過ごした。お母さんはまだ生きていますが、その世界の僕はやさしさに包まれながら、二度と目覚めぬまどろみの中で楽しい夢を見続けているのです。……その温かさと心地よさは、きっとこの世に生まれ出でる前の母の胎内《たいない》にも似ている。………それを知ってしまったから、僕は梨花がむしろ、その世界を受け入れてくれないかとすら思っているのですよ…。」

「…………あんた、………本気………？」

「……梨花も千年を生きてみれば、この温かさを理解できるようになりますのですよ…。」

羽入の言葉からは恍惚《こうこつ》が感じられた…。

…私には理解できない境地を、…千年を生きた羽入は理解している。

「冗談じゃない、私は百歳程度の若造だから理解不能よ。」

「…………梨花。もういい加減に、僕のことを理由に選択肢から逃れるのを止めにしませんか。」

「……………………ん。」

…それは、真実。

私の胸の中にある天秤には、元の世界とこの世界がかけられている。

…どちらにもわずかも傾かない。

それを無責任に、羽入に選ばせて責任転嫁しようとしている…。

「梨花の選択の助けになるよう、私の知るその世界の組成を全て話しましょう。まず、……私たちに運命が打ち破れることを何度も教えてくれる前原圭一。…彼はこの世界では転校してきません。」

「とっくに知ってるわ。クラスにいなかった。」

「圭一は一時期、受験勉強のストレスから心を病みますが、…元の世界のように、玩具《おもちゃ》の鉄砲で子供を撃つような真似《まね》はしなかった。より心を強くしてその誘惑に耐え、ついに心の弱みを克服します。……今の圭一は、自らに胸を張れる強い意志を持った人間として、待ち受ける受験に力強く臨《のぞ》もうとしています。」

「…………圭一の、罪がないわけね。…だから、引っ越しもしない。」

「竜宮レナも、両親の会社が潰れませんから茨城へ引っ越しをしませんでした。だから離婚も起きない。だからそれを理由にレナが罪を感じることもない。」

レナに、罪がない。

「園崎魅音と園崎詩音は、背中に刺青《いれずみ》を入れる儀式の日、入れ替わりをしませんでした。」

「……なるほど。学校の魅音がどことなく雰囲気が違うような気がしてた。…………ボードゲームが大好きなはずなのに、妹が詳しいなんて言い方をしてたし。……なるほど、…納得ね。」

「だから魅音は、当主跡継ぎの座を妹に押し付けることにならず、当主の修行をしながら日々を過ごしています。そして詩音も、本家の邪魔にならず陰から支えられるよう、遠方の学園でひとり、今日も努力してがんばっています。」

「…あの姉妹はかつて、刺青の入れ替わりで互いに罪を感じあっていた。…それがないってことは…。」

魅音と詩音に、罪がない。

「……もうこれ以上を話す必要もないでしょうが、北条沙都子にも親殺しの罪がありません。沙都子は義理の父との交流を深め、家族仲を再構築しました。そのため、悪い病気に取り憑《つ》かれることもなかった。」

「北条家も村と敵対せず、村八分にもならない。……沙都子に、罪がない。いや、…沙都子たち一家にとって、ここは理想の世界ということね。」

沙都子たち一家にとって…？

いや、違う…。

この世界は、……全ての人間にとって、理想の世界では…？

圭一が雛見沢にやってくるのは罪を犯したからだ。

その罪が生まれず、しかも圭一は頑張って懸命に生きてるという。

レナも悲しい運命を避けられるから、自らに罪を科すことがない。

自らに授けられた名前、礼奈を名乗り、幸せに生きている。

魅音も詩音も、幸せに暮らしている。

…刺青の事件さえなければ、二人は生まれつきの仲良し姉妹だったのだ。

家のしきたりなどで今は別居を強《し》いられているが、そんなことであの姉妹の仲は裂けないだろう。

沙都子にとって、この世界はまさに理想の夢の中の世界。

温かな家族と兄に囲まれ、健《すこ》やかに温かに暮らしている。

…親友の私が、一番望んでやらなければならない世界だ。

悟史にとっては、この世界は唯一自分が存在できる世界。

……数多の世界の中で、悟史が生きていられる世界はここしか知らない。

この世界しか、悟史にはありえないのだ。

……そして、古手梨花。

梨花にとってこの世界は、…………………この世界は…。

友達の数はゼロかもしれない。

元の世界と比べたらあまりに悲しい。

でもそれは、これから時間と努力で改善していくことができる。

圭一がいないことは悲しいかもしれない。

…でも、圭一は、本来住んでいた地で別の人生をたくましく生きている。

その代わり、悟史がいる。圭一とはタイプは違うが、とてもやさしい思いやりのある人
…。

なくて落胆《らくたん》した部活も、私が明日登校して望めばすぐにでも始まるだろう。

北条兄妹と魅音とレナ、そして私。あるいは他のクラスメートも巻き込んで？　大盛り上がりする部活はどんなだろう…。

それはきっと、…圭一たちと盛り上がったそれとは比べようがない。優劣などつけられ

ないに違いない…。

この世界には両親がいる。

そして、家族愛を取り戻す古手梨花としての付き合い方も、もう理解している。

元の世界に両親はいない。

…でも、それを寂しく思わせない賑やかな同居人がいる。沙都子。………そして、羽入。

こちらの世界を選べば、百年を共にした親友と呼べる羽入と、……別れることになる。

親友…?

いや、………羽入の言う話が本当なら、……羽入は私の先祖であり、母でもある人。

…つまり、父や母とまったく同等の、…家族だった。

両親と羽入は、どちらも私にとって大切なもの。……天秤になど、かけられない…。

「………その世界は、誰かの夢が作り出した『理想の世界』なのです。あなたに関わる全ての人間に罪がない。それはとてもとても純粋で透き通った美しい世界なのです。その世界では、私はすでに消え去っており、梨花の人生を穢していない。…だから僕にも罪がない。そして梨花。あなたも自らの人生を穢していないから、罪がない。」

「あの鷹野にすら罪がない。誰から誰まで罪がない。真っ白な世界…。」

「そうです。今の梨花は、その世界を選ぶことができます。………これは、僕にも与《あずか》り知

れない、運命のサイコロの神さまが、百年の旅の果てに下さった貴重な機会なのかもしれ
ません。」
「………………もう少し、慈悲《じひ》深い与え方だったらよかったのにね。」
「ですから、その神さまは元の世界へ戻る道も与えてくれました。………母殺しという最
大の罪を犯すことによって、……その罪なき楽園を自ら追放されることを選ぶことです。」
「…羽入。あんたは娘に討たれたって言ったわね。………私が自分の人生を選ぶために、
母殺しを繰り返すことをどう思うの。」
「………梨花のお母さんならこう言うでしょう。娘が幸せになれるなら、自分の命など
惜しくないと。……梨花にはまだわかりません。子を持ち母となった身にしかわからぬ気
持ちです。かつて一度は母になったからわかる。…もし梨花が元の世界の方が幸せだった
と言えるなら、梨花のお母さんは喜んでその命を差し出すでしょう。」
「まさか…。あの人に限ってそんなこと言うわけないでしょ。頭は大丈夫⁉ って言われ
て、ヒステリックに叫ばれるだけよ…。」
……でも、…カレーを一緒に作っていた時の母の微笑が思い出される…。
あの母の口からなら、……そんな恐ろしい言葉が出てきても、……おかしくないのだろ
うか………。
「僕は、娘に討たれたことを後悔していません。そのお陰で、娘に引き継がれたかもしれ

ない罪が祓われたのです。私が命を惜しんでいたら、娘もまた私と同じように迫害されていたかもしれないのですから。」

「……でも、あんたを討った娘の気持ちを考えたことはある……？」

「…………。」

「……死んだ方は気楽よね。勝手に献身美徳《けんしんびとく》に酔って成仏できる。でもね、殺した方はその十字架《じゅうじか》を背負ってずっと生きていくのよ。………あんた、さっき言わなかった？　あんたを討った娘が、あんたのために助け合いの心の宿る雛見沢を作ると誓ったって。そして千年掛けてあんたの娘たちは、あんたの罪に付き合ったのよ。…あんたは死ぬべきじゃなかったんじゃない？　何の罪を背負わされたのか知らないけど、生きて戦うべきだった。子孫が罪を背負わずに済むように戦うべきだった。なのにあんたが屈したから、千年もの間、あんたの子孫たちがあんたの十字架を背負い続けた。……そうじゃないの⁉」

「………………………。」

羽入は沈黙する。

……それは紛れもなく、羽入の罪だったかもしれない。

娘のために死ぬことは容易《たやす》い。

でも、残された娘の罪を思う心は、生涯癒せない。

しかし羽入が返す言葉に怯みはなかった。

「なら、梨花。……私は生きて戦うべきだったという梨花。あなたはその世界にいる今、どうするというのですか。………その世界にいるという現実を受け入れ、元の世界と異なるいくつかの違和感と戦いながら、その世界で生きることを望みますか。百年の果てに摑んだ、手垢《てあか》と汗に塗れた、それでもなお美しいあの世界を見捨てて！」

「……………………。」

確かにこの世界は美しいかもしれない…。

でも、だからといって、あの元の世界の輝きが美しくないわけがない。

あれだけの旅の果てに勝ち取った運命が、美しくないわけがない…。

「そして、あなたは百年の末に摑んだあの世界を、元の世界と今なお呼ぶ。……なら、この世界の居心地がどんなによくても、それを全て投げ捨てて、この世界に留まりたい気持ちと戦い打ち払って、元の世界へ帰るべきなのではないですか。あなたに関わる人々が罪から解放されたこの世界を打ち壊してでも！」

「…………く………。」

……我に戦えと言った我が娘よ。

ならばそなたも戦うがいい。

戦うとは、眼前の障害を打ち倒し乗り越えることではない。

そんなのは結局、単なる一本道の途中の余談でしかないのだ。

本当に戦うというのは、自ら選ぶということ。

人生のあらゆる選択で、あらゆる岐路《きろ》で。人は迷う。

どちらかが明るく照らし出され、そちらへ進むことが決定付けられた選択は戦いではない。


何度その選択を迫られても、同じ方を選ぶに決まっているのだから必然だ。

真の選択とは、心の底より悩み、どちらを選ぶべきかまったくわからない時のこと。

かつてあなたが箱遊びと称して、赤い箱と青い箱の選択を語った時とまったく同じ。

赤い箱を選ぶか、青い箱を選ぶか。

何の導きもなく何かを選択することは、とても勇気と決断のいることなのだ。

それこそが本当の選択。

箱の中に何が入っているかを知ってしまえば、それはもはや選択にはならないのだ。

二つの箱に何が入っているかわからないからこそ、開けた方の箱の中に入っていたもので満足できるのだ。

反対の箱の中身を知っていたら、場合によっては失望するかもしれない。

何の導きもなく、何のヒントもなく、…岐路に放置されることこそ人生。

怠惰に右を選び続けるも良し、棒を倒して適当に決めるも良し。懸命にヒントを探し、右と左でどちらがどれだけ有利かを悩み抜き、いつまでも岐路に立ち尽くすのも、また良し……。

ゆえに、最後に待つ結果を、自分の責任として受け入れられるのではないか。

まさか、老いて死に、入る棺にまで、親の助言がいるというのか……？

悩め。選べ。そして進め。

それこそ、戦い。

私は懸命に悩み、自らの人生を選び取った。

私の娘たちも懸命に悩み、自らの人生を選び取った。

それは誰にとっても神聖なことで、大切なこと。

それを、千年後の末裔《まつえい》が穢してはならない。

その時代を生きた人間が、常に美しい。

後世の価値観でその生き様を語ってはならないのだ。

「…………………。」

「最後に、とても重要なことを話しますです。……梨花と僕をつなぐそのカムノミコトノリの力は、もうじきその力を永遠に失います。僕がその世界に干渉することは永遠にありません。」

「……あんたにありがたい説教をもらうのも今夜限りってわけね。」

「それからもうひとつ。梨花のお母さんに現れたカケラは明日の日没と同時に、その力を永遠に失います。失うのは消えるという意味じゃない。梨花の手でカケラを取り戻せる機会が永遠に失われるという意味です。」

「つまり、……元の世界に戻るという選択肢も、明日の夕方までに決断しなきゃ、なくなるってことね…。選択を保留するという第三の選択肢はない、ってことか…。」

「いいえ。選択を逃げ、最後の時間にわざと目を瞑り、消極的にその世界に留まることを選ぶこともできます。……その場合は、積極的に選んだ場合と違った生き方になるでしょうか。」

…積極的に選ぶか否《いな》かはつまり、…この世界を受け入れたかどうかだ。

……受け入れぬままに生き続ければ、…今の「私」の持つ苦悩を永遠に引き摺って生きることになるだろう。

それに比べたら、どちらかを選択する方がよっぽど潔《いさぎよ》いかもしれない。

でも、…その潔さを簡単に選べるわけもない………。

その苦悩こそが戦いだと、羽入は言う…。

「………さぁ梨花。…戦いなさい。その戦いは明日の日没まで続く。でもどうか逃げないで。…なぜなら、どちらの世界を決断したとしても、その世界は必ず素晴らしいものだから。……あの百年を戦い抜き、得た世界が素晴らしかったように。戦い抜いて選んだ世界は必ず素晴らしくなる。……だから梨花、決して戦わぬことで片方を選ばぬように。悩まぬ選択肢の結果に、人間が満足することは絶対にないのだから。」

「…………ありがとう、羽入。私、……戦ってみるわ。…この、…選択と。……もし、あなたと再会できるなら元の世界で。……もし、この世界だったなら、…ゆっくりと休んで千年の疲れを癒して。…………今日までありがとう。本当にありがとう。…私、…あなたの力のお陰で、自分の人生を何度でもやり直せるものだと勘違いしてきた。…そんな私じゃ、…きっと元の世界に生きても、どっかでおかしくなったと思う。…何かにちょっとでも躓《つまず》いたら、やり直せばいいやって簡単に考えたと思う。そんなじゃ、…素晴らしい世界になんてなるわけないよね…。

…………その意味では、あなたがこの力を私に使わなければ良かったという罪も、ちょっぴりだけ理解できるわ。……でも、それは軽い人生を歩んできた私の罪でもある。数多の世界でサイコロを振り直すと称して自分の命を粗末にした。

…この世界は、そんな私に人生の重さを教えてくれたんだと思う。……その末が、どっちに転んでも素敵な世界だなんて、…本当にラッキーじゃない。…私は多分、数多の世界で一番幸運な人間に違いないわ。ありがとう羽入。…こんな馬鹿で身の程知らずの私に、最後の最後まで温かな言葉をかけてくれてありがとう。…私、一生懸命悩むよ。いっぱい

いっぱい悩んで、……本当に本当に素敵な世界を掴みとるから。……だからありがとう、……羽入。…………ねぇ、…………返事、…………してよ…。……ぅううぅぅぅうぅぅ……。」

もう、水晶球はただ冷たいだけで……。私が照らす懐中電灯の光に、退屈な反射を見せるだけだった……。

私は零せるだけの涙を零し尽くした。

零し尽くしておかないと、…選択をする時の迷いになると思ったから。

だから思い切り泣いた。そして百年の縁を感謝した。…選択によっては、その言葉をもう口にできないから。

それから祭壇にただのビー玉に戻った水晶球を戻して、祭具殿を抜け出し寝床に這い戻った。

……眠れるわけがない。

そう思っていたのに、タオルケットに包まれ、はみ出した素足に涼しい風を感じていたらいつの間にか寝入っていた……。

古手梨花が、眠っていく……。

「私」が、…眠っていく……。

おやすみ、……みんな。

おやすみ、……「私」。


そして、太陽がまた昇り、古手梨花の素晴らしい一日が始まる。

…古手梨花は、クラスメートたちと再び仲良しになるため、小さな努力の第一歩を踏み出す。

そして、家では両親の愛情にたくさん包まれた。

……そして、素晴らしい一日を照らした太陽が、山陰にかかり、…………消えていった……。

昔々。
神様が人間の前に姿を現していた頃のお話。
天よりパンが降ってきた。
ある者はなぜ肉でないかと大いに嘆いた。
天より肉が降ってきた。
ある者はパンが良かったと大いに嘆いた。
天より神様が降りてきた。
全員が喜ぶ物がわかるまで、当分は水を降らせます。
天より雨が降ってきた。
みんなは服が濡れると大いに嘆いた。
天より炎が降ってきた。
みんなは家が焼けると大いに嘆いた。
天より神様が降りてきた。
全員が喜ぶ物がわかるまで、何も降らせないことにします。

天より何も降ってこない。
ある者は神に見捨てられたと大いに嘆いた。
天より色々降ってきた。
ある者は降らせる物を選べと大いに嘆いた。
天より巨岩の雨が降ってきた。
これでようやく嘆きの声はなくなった。

天より雨が降ってきた。
通りすがりの旅人は感謝する。
神よ、予期せぬ天気に感謝します。
お陰で我が旅路は退屈せずに済むのです。
神は応えずに見送った。
それでいい。神とサイコロは無口でいい。

Frederica Bernkastel

選び取った世界

……いつから。私はここにいるのだろう。

ツンとする消毒薬の臭いは、一度意識してしまったら、もう無視できない違和感だった。

知らない天井。知らない布団。知らないベッド。

……ここは、……一体？

「…………………ぅ………。…………んぅ……。」

「あら…？　私がわかりますか、梨花ちゃん！」

「………みー…。わかりますです…。………ここは…？」

返事をしてやったら、その看護婦は大層驚いて飛び出していった。……失礼なヤツだ…。

「い、入江先生は!?　大至急呼んで!!　梨花ちゃんの意識が戻りましたって伝えてください!!」

……………頭が、………痛い。

その後、入江が慌《あわ》ただしく飛び込んできた。

そして、私の具合を何度も繰り返し聞き、極めて快適だと答えると、胸を撫で下ろして喜んだ。

「…よかった、本当によかった！　何があったか覚えてますか？」

「…………みー。……ここは診療所ですか…？」

「そうです。あなたはお友達と雛見沢へ帰る途中、事故に遭って頭部を強打し、ずっと意識が戻らなかったのです。……このままもう、意識が戻ってこないのではないかと危ぶまれていました。…よかった、本当によかった…。」

入江は、うっすらと涙まで浮かべてそう言った。

…私は…まだ少しだけ怖かった。

ここが、私のよく知る世界なのかどうか、確かめたかった。だから勇気を出し、入江に聞く…。

「えぇ、お友達のみんなもとても心配していたんですよ。沙都子ちゃんはもちろん、前原くんも魅音さんもレナさんも！　……残念ながら悟史くんはまだ、目を覚ませる状態にはありませんが。」

「……ボクの、……お母さんは…？」

「…………記憶が、まだ少し混乱しているようですね。長く意識が戻らないとよくあることです。」

「………死んでるのですか。」

「……ぇぇ。二年前の綿流しの日に。…………眠っている間、お母さんの夢を見ていたのですか？」

入江は言葉を選びながら、そう答えてくれた。

別に、言葉を選ばなくても、…ショックはない。

だって、私の世界では、そういうことになっているのだから。

「………………ありがとう。もういいのです。」

母が死んでいるという事実に、…少しだけ複雑な気持ちになる。

……でも、ここはどうやら、私のよく知る世界に間違いないようだった。

…そして入江が言うには、…事故の日から一ヵ月ちょっとが経過しているようだった。

すぐ戻りますと言い残し、入江はばたばたと病室を飛び出していった。

私は、セミの声に満たされた病室のベッドの中に取り残され、しばらくの間、ぼんやりとした記憶を辿るしかなかった…。

……私は、みんなとプールで遊んだ帰りに自転車でふざけていて、…車に撥ねられたんだっけ………？

でも、……その後に目を覚ました世界のことも鮮明《せんめい》に覚えている。

…そしてここが、元の世界だということは、………私は、……あの辛い選択肢から葛《かっ》藤《とう》の末、元の世界を選び、…戻るための長い旅路を無事に終えたということなのか…。

それとも、…入江が言うように、事故により昏睡《こんすい》している間に見た長い夢だったのか。

………私には、わからない…。

「…………羽入、……いる？」

「………あぅ。」

羽入が薄っすらと姿を現してくれる。

さっきからずっとそこにいて。私が呼んだから姿を見せてくれたような、そんなとてもとても当たり前の感じに。

でも、それが本当に嬉しかった。

「…………よかった。その世界で目覚めて、あんたが最初に見つからない世界は本当に心細いんだから。」

「そんなこと、今までに一度だってありましたですか？　いつだって、梨花が目を覚ました時には、一番最初に目に入るのはこの僕なのですよ。」

慈しみのある表情で、羽入がそう言う。

…でも、わざわざそれを口にすることが、むしろ直前のあの世界を想像させる。

私が目覚めて、初めて羽入がそこにいなかった世界だったのだから。

「…………羽入。…あの世界は、……夢だったの…？　それとも、…現実…？」

「……梨花の言ってる意味がよくわかりませんのです。何かありましたのですか？」

「…………………本気で言ってるの?」

「……梨花が何の話をしているのか、僕にはわかりませんのです。」

「……………。」

羽入が惚《とぼ》けて言っているのか、…それとも、本当に私が何を言っているのかわからないのか、判断がつかなかった。

「…………じゃあ、……私がさっきまでいたあの世界は何…? 夢なの…?」

「夢です。」

羽入が即答する。

…その即答を聞いて、私は確信する。

…………あの、罪なき世界は、夢などではなかったのだ。

「……じゃあ、…………私は、………この手で、…………お母さんを…………?」

母がカケラを持っていた。…だから、母を殺さなければ自分は元の世界へ帰ってこられないはず。

…その自分がここにいるということは、母を殺したということ。

そして、母を殺した後は、自分を神の世界に送るため、… 〝いつものように〟自分を殺さなければならない。

そして、…都合のいいことに、自分が死ねば、直前の記憶は遡って引き千切られる。

だから、……母をこの手にかけたことが、記憶に残らないのは、……当然で……。

…私は、わなわなと震えながら、自分の両手の掌《てのひら》を見る…。

血の気がなく、真っ白。

…いや、だからこそ…。

……温かくて、べったりとした、あのぬめりがこの両手いっぱいに広がっていた感触だけを思い出せる…………！

「……ぁ、……あぁぁあぁぁあぁぁあぁッ!!!」

込み上げてくる自分のカケラ。異なる世界の記憶を、…私の何かが必死に押し留める。わけのわからない叫びを上げながら必死に押し留める。

それが溢れ出したら、きっとそれは私を飲み込んでしまうから…!!

「……梨花。落ち着きなさいなのです。」

「………っ、」

羽入が私の額に手を当てると、まるで、私の肺の奥を鷲掴みにされるような感触を覚えた。

まるで、喉をぎゅうっと握って絞られているような窒息感…。

だけど、私を飲み込もうとする感情もまた、ぎゅっと握られているため、それ以上、込み上がってくることができない。

息苦しさと引き換えに、私は込み上がる感情をぐっと飲み込んで、少しずつ冷静を取り戻していく…。

それを察すると羽入は手を放す。

「…………っはッ!! えほげほッ!! ふぅ、はぁ…はぁ……。」

「……落ち着きましたのですか？ 梨花は長く眠っていましたから、混乱しているのでしょう。しばらくは入江の言う通りにお薬を飲んだりして静養するといいのです。」

「…は、……羽入、でも教えて！ あの世界は本当に…、」

「……ほら、みんなが来ましたのですよ。僕はお邪魔でしょうから、しばらく姿を消しますのです。」

「羽入…！」

廊下をばたばたと大勢が駆けてくる音が聞こえてくる。

羽入は、ふわっと踵を返すような仕草をしながら姿を消した。

それと入れ替わるように、病室の扉が荒々しく開かれ、…愛する部活メンバーの仲間たちが現れた。

「梨花!! 梨ぃ花ぁあああぁあ!!!」

「沙都子……。」

「お、おいおい沙都子、梨花ちゃんは病み上がりなんだぞ、いきなり引っ付いちゃ、」

「いいんだよ、圭一くん。…よかった、本当によかった…。」

沙都子は私にしがみ付くようにしてその場にしゃがみこむと、はばかることなく涙を流して泣いた。

「……お帰り、梨花ちゃん。私たちは、絶対に梨花ちゃんが帰ってくるって、信じてたよ。」

「あぁ。俺たち全員がひとつのことを信じた時、絶対に奇跡が起こるんだからな！　鷹野さんたちとのあのすげぇ戦いだって、全員が奇跡を信じたから勝利できたんじゃねぇか！」

「みんなね、必ず梨花ちゃんが帰ってくるって信じてたよ。毎日お見舞いに来てたんだよ。必ず明日は目覚めるって信じて、毎日お見舞いに来てたんだよ…。よかった、本当によかった…。」

レナと魅音が涙ぐむ。私の事故後、彼らがどれほど心を痛めてくれたか、よくわかった。

「監督が言うには、少々記憶に混乱が出てるって話。ま、まさかとは思うけど、おじさんたちのこと、忘れちゃいないよねぇ!?」

「……沙都子とレナ、圭一のことはわかりますが、魅ぃのことはわかりませんのです。にぱ〜☆」

「あはははは、大丈夫みたいだな。」

口を尖《とが》らせる魅音に、大笑いのみんな。いつもどおりの、部活メンバーの光景だった。

…ここが元の世界なら、これは聞いてはならないこと。

…でも、…本当に元の世界なのか念を押すために、……記憶が混乱しているふりをして、今聞く。

「………悟史は、………来ないのですか。」

沙都子は少し寂しい笑顔を浮かべながら言う。

「……にーにーは、去年に家出しちゃったっきり帰って来ないじゃありませんの。梨花ったら、忘れん坊さんですわね。」

その表情に胸がきゅっと軋《きし》む。……間違いなく、元の世界の沙都子だった。

「なるほど…。確かに多少、記憶が混乱してるみたいだね…。一過性だそうだから、気にすることはないってさ。寝起きに電話もらったら、寝ぼけて変なこと言っちゃうのと同じだそうだから。」

「そうだね。…だって、一ヵ月近くもずっと眠ってたお寝坊さんだもんね。」

本来ならとてつもない失言であるそれも、とレナは温かく許してくれた。

「………その一ヵ月の間、…………夢を見ていた気がしますです。」

「私たちが心配してたのを他所に、ずいぶん気楽なことでございますわね！」

「…………そこは、……とっても不思議な世界だった気がします。…まず、そこは、ここと同じ雛見沢なのですが、………いろいろなところが違っていました。…まず、圭一がいませんのです。」

「おいおい、何だよ俺だけ除け者かよ〜。」

「それは、圭一が鉄砲の事件を起こしていない世界だからなのですよ。…圭一があれだけ後悔した事件がない世界。………うぅん、それだけじゃないのです。」

…私は、今しか自らの罪を懺悔《ざんげ》する機会がないことを悟る。

みんなは、私が語るあの世界のことを聞きながら、細部が異なる度にああだこうだと反応を返したが、大人しく耳を傾けてくれた。

「………そして、ボクがここにいるということは…。……その世界とこの世界を天秤にかけ、………こっちの世界を選んだからだと思いますです。」

「…それは多分、三途の川のこっちと向こうだね。臨死体験ってヤツだと思うよ！　向こうの世界を選んでたら、…梨花ちゃんは多分、帰って来れなかったね。」

「……向こうを選べば、……確かにボクは帰って来なかったと思いますのです。」

「俺たちはみんな、梨花ちゃんが帰って来るって信じてたぜ。そして、梨花ちゃんも帰ると信じたから、お互いの手が届きあったってことなんだろうな。……眠りながら、梨花ちゃんも帰って来るために努力したってことなんだろうと思うぜ。偉い偉い。」

圭一が笑いながら私の頭を撫でるが、私の意味を勘違いして受け取っているように思えた。

……私は、戻って来たのではない。

あの世界とこの世界を比べて、選んでこちらへ、来たのだ。

どうしてこちらの世界を選んだのか？

……こちらの世界の方が、住み心地がいいから。

沙都子がいつも一緒にいて、部活メンバーがみんないて、私にやさしくしてくれてちやほやしてくれて。

でも、それは結局、みんなの罪や不幸の上に成り立った世界なのだ。

つまり私は、自分の幸福のために、みんなに犠牲を強いることを選んだのだ。何の臆面《おくめん》もなく、自己中心的に、わがままに。

あの世界では全員が満たされていた。私だけが満たされていなかった。

でも、私が努力することによって、あの世界の私も幸せになれる可能性があることはわかっていた。

でも、でも、………私は最後の最後で、…こちらの世界を選んだのだ。

仲間たちが苦悩や涙で塗り固めた上に、私があぐらをかく世界を選んだのだ…。

「……それは、とっても面白そうな世界だね。ありがとう。私たちのことを、せめて夢の中だけでも幸せにしてくれたんだね。」

レナは微笑みながらそう言った。

……レナだけは、私の言った言葉の意味を、本当の意味で理解してくれているように見えた。

「でもね。…もしその二つの世界を私にも選ばせてもらえるなら。…私はこっちの世界を選んで正解だと思うかな。」

「……ど、……どうしてなのですか。」

「確かに、私にとって、お母さんの離婚はとっても悲しい出来事だった。そのせいで色々なことが変わっちゃったけど、でもそのお陰で学び取ったたくさんのこともある。だからね、梨花ちゃんの言う、向こうの世界の礼奈は、きっとこのレナよりも、人間的に劣っていると思う。………梨花ちゃんは、私のことを、礼奈であっても模範《もはん》的な人間だと夢で思ってくれたようだけど。…私が本当に礼奈だった時は、あまり尊敬できる人じゃなかった。だから、私はお母さんの離婚は、とても辛くて悲しいことだったけど、……人生の試練のひとつだったんじゃないかなって、今は受け入れることができるもん。」

「………人生の試練や、あるいは挫折が人を成長させるってのは、確かにあるね。」

「そうだな…。レナの言うのは俺にもわかるぜ。……その世界の俺は雛見沢に来てねぇが、…多分、ロクでもないヤツだったと思うぜ。……あの事件は確かに、俺にとって生涯忘れちゃいけない痛恨の極みだ。俺は死ぬまで反省していかなきゃならないと思う。…でも、あの事件を切っ掛けに、レナが言うように、俺もたくさんの大切なことを学んだ。過去のあの事件をなかったことにできる世界があったらってのは、……確かに魅力的ではあるかもしれない。……でも、俺はそんなこと思いはしないぜ。今日という日の前原圭一を積み上げてきた、大切な礎《いしずえ》のひとつだと思ってる。」

「…それを言ったら私もですわ。………甘ったれてた以前の私だったら、にーにーがいる限り、ずっと甘え続けていましたもの。……にーにーがいなくならない世界があったらというのは、確かに魅力的なお誘いではありますけど…。……でも、甘ったれた私がにーにーと一緒にいても何の意味もないんですもの。…なら私はこの世界の方がいいですわ。今の自分なら、胸を張ってにーにーの帰りを待てますもの！」

「…………………本当に、……みんなそう思うのですか。……罪は消せないと、…あれだけ悩み苦しんだのに、…その罪がないことになっている綺麗な世界を選べる選択肢を、自ら拒否するというのですか…。」

「……うん。私は、こっちの世界の方が尊《とうと》いと思うよ。」

「どうしてですか……。」

「……だってこの世界の今日という未来は、私たち全員で勝ち取ったんだもん。その世界のみんなは、ただだらだら生きてるだけでしょ？」

「………だらだらと、…だけれども、罪なく生きることは、罪なのでしょうか…。」

「罪じゃないよ。でもこちらの方が尊い。………温室で育った苦労知らずの花も美しいと思う。でも、風雨や暑さ寒さに耐えて花を開かせた野花には、美しさだけじゃないものが宿るんじゃないかな。…レナは、そういうものの大切さを言っているだけ。……傷だらけの野花に何を恥じることがあるの？」

「……でも、温室で育つのと、野原で育つのを選べと言われたら…。」

「あ、わかった。そこがそもそも梨花ちゃんの間違いなんだね。」

「……みぃ…？」

「だって、私たちは野に芽生えた野花だもの。花を開かせた後に、ありえなかった未来を想像して、それと比べるのは何の意味もないことだよ。……梨花ちゃんの話は、花より上の、人ならざる存在の目線での話だもん。」

「………………………。」

「その二つの世界のどちらが幸せか。それを論じることができるのは、二つの世界を行き来できる神さまだけ。……でも、梨花ちゃんという人間は、一つの世界にしかない。うぅん！　そうじゃない、どちらの世界にもいるけど、行き来はできない。野花の梨花ちゃんも、温室の梨花ちゃんも、どちらも存在する。そしてどちらも、その世界の運命に従い、胸を張って生きていると思うよ。その時、野花が、温室で育ったなら何も苦労がなかっただろうになんて言う時点で、それはもうおかしいことなの。私たちは花。根付き、芽生えた場所で、精一杯育って、精一杯の花を咲かせる。」

「もしも自分が大金持ちの家に生まれてたなら～なんて、負け犬の寝言もいいとこですわよ！　そんな妄想する暇があったら、まずは安いスーパーを探して小銭を倹約《けんやく》する努力を始めなさいませですわ！」

沙都子がたくましいことを言う。レナの言った本質を理解できているかはわからないが、今は何だかとても頼もしく聞こえた。圭一も頷く。

「そうだな。そうして自分に胸を張る沙都子は、仮に沙都子が大金持ちの世界があったとして、そこの沙都子と比べたとしても、何も劣っているということはないと思うぞ。」

「まぁ、確かに、選べるなら大金持ちの方がいいでございますけれども！」

「…………梨花ちゃんは、こうしてこっち側の世界に目が覚めても、…未だ、迷っているんじゃないかな…？　本当にこっちでよかったのか。…向こうでもよかったんじゃないかなって、未練があるんじゃないかな…？」

…レナのその言葉が、多分、私のこのやるせない気持ちの正体なのだろう。

私は、…この世界が好き。

……でも、向こうの世界を捨て去り、みんなに罪があることを強いた自らの罪深さに、葛藤を覚えずにはいられないのだ。

……私の大好きなみんなのために、あの世界を選ぶべきだったのではないか。

みんなは口々にこちらの世界の方がいいと言ってくれたけど、それは二つの世界を選択できるという神々の選択肢を与えられることがない存在故の、ある種の諦めのようなもの。

…だからみんなはプラス思考で、こちらの世界を肯定する。

本当に選べたなら、みんなだって葛藤したに違いないのだ…。

「…………かわいそうに。…だから、…梨花ちゃんのその、胸の奥の悲しみが癒せないんだね…。」

それでも、…レナだけは全てを察しているようだった。

「そうだ、梨花ちゃんにもわかるように、ゲームで説明してあげるね。ねぇ、魅ぃちゃん、今日、飴玉持ってきてなかった？」

「うん？　あるけど？」

何を始めるつもりだろう…？

すると、レナは両手を握って、私に突き出してきた。

「さ、梨花ちゃんにプレゼントだよ！　どっちの手の中身がいいかな、かな。」

「……みー、ハズレると罰ゲームになったりはしないのですか？」

「はぅ～、そんなのないよぅ。安心して選んで。」

…部活的思考で考えても、こればかりはノーヒント。

レナの拳の大きさを見ても、どちらの手に飴玉が入っているかなんて、想像もつかない。

………ぇぇい、ままよ。ここは運試し！

「では、……こっちのグーを選びますのです。」

「こっちね？　ハイ。」

レナが握り拳を開くと、そこには飴玉があった。どうやら二択の選択に打ち勝ったらしい。

「あはは、おめでと！　ハイ、あ～んして☆」

「……あ～ん、なのです☆」

「おいしい？」

イチゴミルクの味がする、定番だけれども懐かしいあの味。

きゅうっと、口の中がすぼまるような甘酸っぱさに、私は笑みを零さずにはいられなかった。

「……おいしいのですよ。にぱー。」

「嬉しい？　じゃあ梨花ちゃんの世界は幸せだね。」

「……二択の勝負に勝ったので、とても嬉しいのです。勝利の美酒はおいしいのですよ。」

「ねぇ梨花ちゃん。どうして勝利なの？」

「……みー？」

レナが、私が選ばなかった方の掌を開く。

「………………ぁ。」

そこには、…二粒の飴玉が握られていたのだ。

つまり、…私が選んだ方は、…ハズレだったのだ。

その途端、……すごく当たり前な話だが、…私の浮かれていた気持ちが一気に冷めてしまう。

「……今のその気持ちが、梨花ちゃんの気持ちの正体に近いんじゃない？」

…………………………。

「異なる世界と比べる、という時点で、それが人の身には過ぎたことなんだよ。それを比べ悩むのは神さまの仕事。私たちの仕事じゃない。私たちに与えられる世界は常に一つで、その世界で幸せを見つけるようにできてるの。…梨花ちゃんはその夢の中では、二つの世界を行き来できる神さまだから、そういう気持ちになってしまう。だからね、反対の手の中なんて、気にしちゃダメなの。」

私は、…百年を生き、数多の世界を生きる魔女だった。

だからこそ、ゆえに、自分の幸せを掴み取るために億の選択に打ち勝ち、必ず幸せを掴める特別な存在だと信じてきた。

…………ところが、……それはまったく逆だったのだ。

……私は、…誰よりも優れているどころか、………幸せを掴むということについては、誰よりも劣っていたのだ…。

その時、…さっきの羽入が、嫌に素っ気無く、向こうの世界のことを夢だと即答したことを思い出す。

…………本当は、夢じゃない。

でも、…選んだ以上、現実はここで、向こうはもはや、夢でしかない。

猫が入っている箱は、開くまでの間、猫が生きている未来と死んでいる未来の二つを想像できる。

でも、開けてしまえば未来は一つになる。

もう一つの未来は、その時点で夢でしかなくなるのだ。

開けた人間は、中身の未来を受け入れて生きていく。

二つの中身がもたらす未来のどちらが得かを悩むのは、箱の中身に干渉できる人ならざる存在の仕事だ。

…私は、人の身でありながら、中途半端に神の世界に足を踏み入れたがために、大切なものをいくつも誤解してきたのではないだろうか。

あの世界で、羽入は悔いた。

…私の人生に神の力をもって介入したことを悔いた。

…………私は、それを今こそ理解する。

羽入ははっきり言った。

人は、生きる世界に懸命であるべきだとはっきり言った。

……私は、…魔女など、もうやめてしまわなくてはならない。

そう。…私は今こそ、ベルンカステルの魔女ではなくて、…古手梨花だったのだ。

百年を生き、運命を自在に操る私の分身は、ひょっとすると、人の世よりさらに高次元の世界には今も存在するのかもしれない。

でも、もはやそれは私ではない。

私は、…古手梨花。

この世界に生き、この世界で幸せを摑み取る。

二度と、あの力を使ってはならないのだ。

つまりそれは、以後は自分の命を粗末にしないようにしようということで、つまり、

「……交通事故には気をつけよう、ってことね…。」

「はぁ？　…はははは！　そうだな、ははは！」

「は、はぅ〜！　そうだよぅ！　もう二度と、自転車に乗ってる時はふざけちゃダメだよ!!」

「……そうね。…まったくその通りだわ。……そんな当たり前のことも理解してないお子様が魔女気取りなんだもん。そりゃあ、全然ダメなわけだわ。」

「皆さん、とりあえず今日はこのくらいにしてください。梨花ちゃんもだいぶ体力が衰えているはずです。もちろん明日以降も面会できますので、今日はこれくらいで休ませてあ

げましょう。」

手を叩きながら監督が姿を現すが、仲間たちはまだまだ名残《なごり》が尽きないようだった。

羽入が密かに姿を現す。そして私にしか聞こえない声で囁く。

「…………梨花。もう大丈夫ですか…？」

「……ありがとう。口下手のあんたに代わってレナが全部説明してくれたわ。……もう大丈夫。」

「………梨花が、次に命を落とす時。…僕は、その運命を受け入れようと思いますです。」

「…そうね。私もそれでいいんじゃないかと思うわ。車道でふざけるお子様が撥ねられる事故なんて、日本中で毎日起こってる。…それが雛見沢でも起きたってだけのことよ。……悔しかったら、私も今度から赤信号は渡らないようにしなきゃ。……でも、あんたはそれでいいの？　…私がいないと寂しくなるって、かつてあれだけ駄々をこねていたのに。」

「……もう大丈夫ですよ。新しい友人ができましたのですから。」

「へぇ？　誰よ、紹介してよ。」

「…………教えませんのです。あぅあぅ。」

「……そういうことか。……ということは、…私はつまり、『古手梨花』、…なのね？」

「梨花がそう思うなら、そうなのですよ。」

「……………………………………ありがと。」

「……何に対してのありがとうですか？」

「…………色々よ。」

みんなは入江に諭《さと》されて、渋々と帰り支度を始める。

それに合わせて羽入も再び姿を消そうとしていた。

私は思いついたように手をポンと打ち、声をかける。

「……ねぇ羽入！」

「なんですか？」

「……私、向こうの世界であんたに、元の世界に戻れたら、冷蔵庫をシュークリームでいっぱいにしてやるって約束したんだけど、…あれって夢だからチャラなのよね？」

「あぅッ！　……ぅうぅ……うぐぅ。」

「…それキャラ違うし。」

そんなやり取りをしていたら、沙都子が満面の笑みで振り返って言った。

「梨花ぁ！　明日のお見舞いに何か持ってきますわ！　何か食べたい物はございますの!?」

「確か梨花ちゃん、辛いのが好きだったよねぇ？　穀倉《ごぐら》のデパートで韓国《かんこく》食材フェアとかやってなかったっけ？　激辛《げきから》キムチとか売ってなかったかな？」

「あぅ!!　あぅあぅあぅあぅあぅあぅ!!」

羽入の姿はみんなには見えない。しかし、私が激辛キムチを食べれば、羽入も食べたことになり、その辛さに呻《うめ》くことになる…。

そういうのを見ながら食べるのがとてもオツなのだけれど。……今日はそういう気分ではなかった。だからそれを素直に口にする。

「……甘いのが、食べたいです。」

「甘いの？　うん、どんなのがいい!?」

「じゃあショートケーキとかみんなで買ってくるか！　エンジェルモートのは特にうまいんだよなぁ！」

「……なら、エンジェルモートのシュークリームにしましょうです。…安くてもいいから、お腹いっぱい食べたいのですよ。」

サービスが過ぎるか。羽入を見ると、きゃっきゃと躍《おど》り上がって喜んでいた。

「食べる元気が出てきたのはいいことです。何でもよく食べて元の元気を取り戻していきましょう。では皆さん、面会時間はこれで終わりです。」

入江が手を叩き、今度こそお開きだと退室を促す。

みんなが退出していく。そして羽入も、虚空《こくう》に姿を消していく。

「……これで貸し借りはなしね。」

「僕は何も貸してませんのですよ。」

「……そうね。あれは夢だもんね。」

「おやすみです、梨花。よい夢を。」

おやすみ、古手梨花。

あなたが勝ち取った未来を、どうか大切に…。

…ありがとう。


そうそう。……退院したら、…まずは両親のお墓参りに行く。

………今、わかったわ。こちらの世界へ戻るなら母を殺せという意味。

殺さないとカケラがどうのこうのというのが問題なんじゃない。

…母がいない世界を選ぶという行為がすでに、母殺しなんだ。

私はこれまで、何の罪も感じずにこの世界を選び続け、「母を殺し続けてきた」。

…あんたは、「それ」を私に気付かせたかったんじゃないの…？

あんたが私に感じている罪。

…多分、そのひとつがこれ。

……私が、両親を敬わなくなってしまったこと。

あの世界で、……私はそれにようやく気付くことができたわ。

梨花。気付いてくれて、…ありがとう。
僕が、あなたに感じてきた一番の罪が、ようやく祓われた気がしますのですよ……。
大丈夫、梨花。
あなたはその手を母の血に染めてなんかいない。
あれは全部、……梨花に意地悪したかった僕の見せた、「夢」なのですから。
…だから、あなたがその眠りから目覚めたら全て忘れているように。
おやすみなさい、…梨花。
深く、深く。
あなたの人生を、これからどうやって彩っていくかを夢見ながら……。

〈ひぐらしのなく頃に礼　賽殺し編　了〉

あとがき

こんにちは、竜騎士07です。

とても長く、そして大変険《けわ》しい道のりを経《へ》て、『ひぐらしのなく頃に』は、これにて本当の終幕《しゅうまく》となります。

まずは、ここまでお読み下さった皆様に心よりの感謝を。

そして、こうしてまた世に出る機会を下さった星海社文庫の皆様。

いつも素敵な画を描いていただいた、ともひ様。

誠《まこと》にありがとうございました。この場をお借りして、お礼申し上げます。


約五年に渡り執筆をしてきました『ひぐらしのなく頃に』は、総《そう》じてコミュニケーションの大切さをテーマに掲《かか》げて描いてきました。

私自身このコミュニケーションの力というものがなければ、こうしてこの物語を完結させることも出来なかったでしょう。実際執筆中に、様々な要素に何度も心が押し潰されそうになりました。

そんな中、仲間達や応援して下さった皆さんの支えがあったからこそ、こうしてひとつの結末を迎える事が出来ました。

大切さを伝えようとしていた私が、逆に皆さんに教えられたのです。まだまだ未熟だなと思う反面、大変嬉しくもありました。

コミュニケーションというものが、希薄《きはく》なものになりつつあると囁《ささや》かれたこともあります。

確かに、顔と顔を合わせてのコミュニケーションは、学校や職場を除けば、ほとんどなくなったかもしれません。

しかしその一方で、ネット社会らしい、新しいコミュニケーションが生まれてもいます。『ひぐらしのなく頃に』を執筆した当時から、目まぐるしく世界は変化しましたが、それでも、コミュニケーションに求められる重要性は、きっと変わっていないと思います。

それにしても、コミュニケーションにおける直接的な「ふれあい」というものは、何にも代え難《がた》いものだと私は考えます。

手軽さなんてものはありませんし、相手の顔色を窺《うかが》ったり、気を遣ったり。最初は疲れてしまうでしょう。こんな思いをするなら一人の方が気楽だ…、なんて考えてしまうのも解ります。

ですが、人間は一人では生きていけないのです。自分一人で全てをこなしているつもりでも、貴方の周りで助力をしてくれている人がいませんか？　手を差し伸べてくれている人がいませんか？

よく目を凝《こ》らして自分の周りを見渡してみて下さい。

もしもそれに気付けたのなら、貴方のこれからの人生においてとても大きな意味を持つものになるでしょう。

どうかふれあうことを諦めないで下さい。挫《くじ》けないで下さい。その頑張りはやがて、実を結びますから。

なんて、説教臭いことを書いても面白くないですね。ごめんなさい（汗）
皆さんのこれからの人生という物語が、『ひぐらしのなく頃に』以上の、賑やかで煌《きら》びやかなとても素晴らしいものになりますように、心より願っております。

世の中では、平成二四年にあたる今年はひぐらし生誕10周年ということで、今もなおいろいろなところで盛り上げていただいております。執筆を終えたあとも変わらずに、作品を愛し続けていただけるとは、作者冥《みょうり》利に尽きるとはまさにこの事でございます。


これからも皆様に愛されるような作品を創り続けていきたいと思います。

ここまでお付き合い下さりまして、本当にありがとうございました。

雛見沢の皆の、そして皆様のこれからに、どうかご多幸《たこう》あれ！

二〇一二年六月　竜騎士07

本書は、２００６年発表の同人ゲーム『ひぐらしのなく頃に礼』のシナリオをもとに著者である竜騎士07氏自らが全面改稿し、２００９年に講談社ＢＯＸより小説として刊行されたものを、加筆訂正のうえ文庫化したものです。

Illustration ともひ
Book Design Veia
Font Direction 紺野慎一

使用書体
本文1 ——— FOT-筑紫オールド明朝 Pro R＋游ゴシック体 Std D〈ルビ〉
柱 ——— FOT-筑紫オールド明朝 Pro R
ノンブル ——— ITC New Baskerville Std Roman

星海社文庫　リ1-17

ひぐらしのなく頃《ころ》に礼《れい》　賽《さい》殺《ころ》し編《へん》

2012年6月7日　第1刷発行
2020年9月28日　第2刷発行

定価はカバーに表示してあります

著　者――竜騎士《りゅうきし》07《しぜろなな》

発行者――太田克史《おおたかつし》

編集担当――太田克史

編集副担当――平林緑萌《ひらばやしもえぎ》

発行所――株式会社星海社
〒112-0013 東京都文京区音羽1-17-14 音羽YKビル4F
TEL 03(6902)1730　FAX 03(6902)1731
https://www.seikaisha.co.jp/

発売元――株式会社講談社
〒112-8001 東京都文京区音羽2-12-21
販売 03(5395)5817　業務 03(5395)3615

印刷所――凸版印刷株式会社
製本所――加藤製本株式会社

ISBN978-4-06-138934-2　Printed in Japan

☆星海社FICTIONS
30歳のルーキー《ニート》、戦場に立つ!
PMSC™s Private Military and Security Companies
芝村裕吏
YURI SHIBAMURA
MARGINAL OPERATION
マージナル・オペレーション
ILLUSTRATION
しずまよしのり
ニートが選んだ新しい人生《オペレーション》は、年収600万円の傭兵稼業。
新たな戦いの叙事詩《マーチ》は、ここからはじまる——。
新鋭・キムラダイスケによるコミカライズ、
『月刊アフタヌーン』にて連載中。
新たなる英雄譚を目撃せよ。

マージナル・オペレーション
MARGINAL OPERATION
漫画 キムラダイスケ
COMICALIZED BY DAISUKE KIMURA
原作 芝村裕吏
STORY BY YURI SHIBAMURA
設定原案 しずまよしのり
ORIGINAL ILLUSTRATION BY YOSHINORI SHIZUMA
瞠目せよ
これはただのコミカライズではない――。
新鋭・キムラダイスケが贈る、もうひとつの
『マージナル・オペレーション』
『月刊アフタヌーン』(毎月25日発売)にて
好評連載中!

漫画で英霊たちの逸話を学んで、
コミックス第①②巻(以下続刊)、好評発売中!!
Twitter配信4コママンガ
ツイ4で
(@twi_yon)
好評連載中!!
イケメン☆イケボ 魔僧の襲来
なるほど イケメンが 関わるとロクな にならない
先輩！泣いてる 黒子の人だって いるんですよ！
しかし嬢ち 説明は
ーラシュは いたことねえな
ですがア さんの身体は その力に耐えきれず
五体四散して 命を失って しまったので
絵!!
んで酒に酔った 首をちょんぱし
そんでこ 話は終わ
酒呑ちゃん いつの間に
坂田金時 平安時代 生まれ！ 生まれも育ちも 足柄山だ

ひとまわり
絆《きずな》をもっと深めよう!!
漫画／津留崎優
監修／TYPE-MOON 東出祐一郎 桜井光
ヒストリカルチェック／森瀬繚
©TYPE-MOON / FGO PROJECT
教えてFGO
偉人と神話のぐらんど
知りたくない
時が 時代が
人がタラスクを
許し給うたのです
何よりも
嬉しい
いきなり
グーパン
信じられます?

SEIKAISHA

星々の輝きのように、才能の輝きは人の心を明るく満たす。

その才能の輝きを、より鮮烈にあなたに届けていくために全力を尽くすことをお互いに誓い合い、杉原幹之助、太田克史の両名は今ここに星海社を設立します。

出版業の原点である営業一人、編集一人のタッグからスタートする僕たちの出版人としてのDNAの源流は、星海社の母体であり、創業百一年目を迎える日本最大の出版社、講談社にあります。僕たちはその講談社百一年の歴史を承け継ぎつつ、しかし全くの真っさらな第一歩から、まだ誰も見たことのない景色を見るために走り始めたいと思います。講談社の社是である「おもしろくて、ためになる」出版を踏まえた上で、「人生のカーブを切らせる」出版。それが僕たち星海社の理想とする出版です。

二十一世紀を迎えて十年が経過した今もなお、講談社の中興の祖・野間省一がかつて「二十一世紀の到来を目睫に望みながら」指摘した「人類史上かつて例を見ない巨大な転換期」は、さらに激しさを増しつつあります。

僕たちは、だからこそ、その「人類史上かつて例を見ない巨大な転換期」を畏れるだけではなく、楽しんでいきたいと願っています。未来の明るさを信じる側の人間にとって、「巨大な転換期」でない時代の存在などありえません。新しいテクノロジーの到来がもたらす時代の変革は、結果的には、僕たちに常に新しい文化を与え続けてきたことを、僕たちは決して忘れてはいけない。星海社から放たれる才能は、紙のみならず、それら新しいテクノロジーの力を得ることによって、かつてあった古い「出版」の垣根を越えて、あなたの「人生のカーブを切らせる」ために新しく飛翔する。僕たちは古い文化の重力と闘い、新しい星とともに未来の文化を立ち上げ続ける。僕たちは新しい才能が放つ新しい輝きを信じ、それら才能という名の星々が無限に広がり輝く星の海で遊び、楽しみ、闘う最前線に、あなたとともに立ち続けたい。

星海社が星の海に掲げる旗を、力の限りあなたとともに振る未来を心から願い、僕たちはたった今、「第一歩」を踏み出します。

二〇一〇年七月七日

星海社　代表取締役社長　杉原幹之助
代表取締役副社長　太田克史